불어먹은 아미굴

샤이나크 현대판타지 장편소설

빌어먹을 아이돌 3

초판 1쇄 발행 2024년 4월 19일

지은이 ı 샤이나크
발행인 ı 최원영
편집장 ı 이호준
편집디자인 ı 최은아
영업 ı 김민원 조은걸

펴낸곳 ı ㈜ 디앤씨미디어
등록 ı 2002년 4월 25일 제20-260호
주소 ı 서울시 구로구 디지털로32길 30 코오롱디지털타워빌란트 1301-1308호
전화 ı 02-333-2513(대표)
팩시밀리 ı 02-333-2514
E-mail ı papy_dnc@dncmedia.co.kr
블로그 ı blog.naver.com/gnpdl7

ISBN 979-11-364-5345-7 04810
ISBN 979-11-364-5289-4 (SET)

※ 저자와 협의하여 인지는 붙이지 않습니다.
※ 이 책은 ㈜ 디앤씨미디어(파피루스)가 저작권자와의 계약에 따라 발행한 것으로 본사와 저자의 허락 없이는 어떠한 형태나 수단으로도 내용을 이용할 수 없습니다.

Vol.
3

PAPYRUS MODERN FANTASY

불어먹을 아미들

샤이나크 현대판타지 장편소설

Album 5. 첫 방송

"애들아, 아직도 연습을 하고 있으면 어떡해!"

한창 무대 연습을 하고 있는데 뛰어 들어온 막내 작가의 호들갑에 샤워실로 향했다.

첫 방송의 리액션 촬영을 한다는 걸 전해 듣기는 했는데 깜빡했다.

이게 다 환경 때문이다.

주변을 통제해 인적이 드문 포천.

하루 종일 무대 연습과 트레이닝이 반복되는 숙소.

어디를 가도 보이는 거치 카메라.

이런 요소들이 삼위일체로 섞여 있으니까 24시간 촬영을 하는 기분이다.

우린 이미 촬영을 하고 있는데 또 촬영을 한다고?

그런 생각을 해 버려서 까먹은 거다.

뭐, 집중해서 연습을 하고 있었던 탓도 있고.

그렇게 최대한 빠르게 씻고, 숙소용 꾸안꾸(최재성에게 배운 단어다) 메이크업을 받고, 공용 로비에 도착하니 테이크씬은 이미 대기 상태였다.

"늦어서 죄송합니다!"

크게 외치고는 자리에 앉았다.

세달백일 멤버들 중 몇몇이 옆자리의 테이크씬 멤버들에게 눈인사를 하는 게 보인다.

나야 테이크씬과 소통을 한 적이 없지만, 다른 멤버들 중에는 제법 친해진 이들도 있다.

특히 성격 좋아 보이던 레디, 아이레벨이 이이온, 최재성과 잡담을 나누는 걸 종종 목격했으니까.

나도 페이드를 제외하면 테이크씬에 아무런 유감이 없다.

하지만 친해지고 싶은 마음도 없다.

방송 구조상 불가능할 수도 있겠지만, 현재 내 목표는 테이크씬을 누르고 데뷔를 하는 거니까.

"전부 오셨죠?"

첫방 리액션에는 별다른 진행자가 없는 모양인지, 안경을 쓴 강석우 피디가 나타났다.

"시간 정말 빠르죠? 벌써 첫 방송이 다가왔네요."

"네!"

"기대됩니다!"

"첫 방송을 축하하는 의미로 여러분에게 드릴 선물이 있습니다. 그동안 관리 열심히 해 오셨으니까……. 이번 한 번은 트레이너들이 봐주겠죠?"

강석우 피디가 그렇게 말하며 헬스 트레이너 쪽을 쳐다보자, 트레이너들이 한숨을 내쉬며 고개를 끄덕였다.

이윽고 폭립 스테이크로 무장한 모 브랜드의 최고급 도시락이 우리 손에 쥐어졌다.

어차피 방송까지는 시간이 좀 있으니 PPL이나 찍으라는 소리인데.

와, 세상에…….

먹는 척만 했다.

카메라 앞에선 유하게 웃으며 고개를 끄덕이던 트레이너들이, 뒤에선 삼키지 말라고 경고했거든.

씹고, 웃고, 뱉었다.

"……."

"……."

식단 관리에 별 거부감이 없는 나조차도 이건 좀 고역이다.

분명 입 안 가득 맛있는 느낌이 들어왔는데, 그걸 삼킬 수 없다니.

근데 왜 아이돌은 무조건 호리호리해야 하지?

미국에서처럼 최대 벌크업까지는 아니더라도 근육량을 늘리면 어느 정도의 미식은 챙길 수 있을 텐데.

나중에 데뷔를 하게 되면 꼭 팀 컨셉을 헬창으로 잡아야지.

"시온 형, 이런 걸 전문 용어로 먹뱉이라고 해요."

"이딴 거에도 전문 용어가 있어?"

"그럼요. 먹뱉. 먹방 하는 사람들이 카메라 앞에선 맛있게 먹는 척하다가 뒤에서 뱉는 걸 뜻해요."

"그럼 먹방을 왜 해?"

"남이 많이 먹는 걸 좋아하는 사람이 있으니까?"

나도 먹방이 뭔지는 알고 있었지만, 그런 사람들까지 있는지는 처음 알았다.

신조어 자판기 최재성 덕분에 또 하나 배워 간다.

그렇게 미각에 미안한 시간을 보내고 있을 때쯤, 드디어 직전 광고가 송출됐다.

그리고 마침내.

⟨COMING UP! NEXT!⟩

1화가 시작되었다.

오늘 방송에서 내가 가장 궁금한 포인트는 두 가지였다.

첫째, 내 분량이 얼마나 되는지.

둘째, 대체 어떤 변명으로 프로그램 제작 이유를 댔는지.

몇 번이고 생각했던 거지만, 커밍업 넥스트는 제작 명분이 없다.

오랫동안 데뷔 준비를 시켜 왔던 테이크씬과 갑자기 뽑은 B팀을 경쟁시킨다?

눈치가 좀 있으면 어차피 B팀이 들러리라는 걸 알 수밖에 없다.

내가 등장하면서 긴장감 있는 상황으로 바뀌긴 했지만, 아무튼.

대체 제작진은 어떻게 변명을 했을까?

아무리 생각해 봐야 최대호 대표가 악역을 자처하는 것밖에 안 떠오르는데.

테이크씬은 우물 안 개구리인데 오만이 지나쳐서 경쟁을 시켰다는 느낌으로.

물론 이렇게 가려면 테이크씬이 진짜 오만한 모습을 보여 주면 안 되고, 눈물을 흘려 가며 간절히 연습하는 모습을 보여 줘야 한다.

그러면 오만하다는 최대호 대표의 평가 자체가 욕을 먹을지언정, 프로그램의 취지 자체가 욕을 먹진 않을 거니까.

하지만 이것도 고육지책이지 묘수는 아니다.

이런 식으로 프로그램이 시작하면 시청자들 중 피로감을 호소하는 이들이 생긴다.

흠.

아무리 생각해 봐도 진짜 답이 없는데.

자, 어떻게 둘러댔을까?

그리고.

놀랍게도 제작진은 엄청난 묘수를 가지고 왔다.

'와, 이 미친 방송국 놈들.'

해결 방법은 굉장했다.

프로그램의 초반을 이끄는 최대호 대표는 아주 일방적이고, 단호하며, 과감하게.

"……."

무시했다!

그랬다.

제작 배경에 대한 언급 자체를 배제한 것이다!

[이제부터 여러분은 B팀과 경쟁을 할 겁니다.]

최대호는 마치 해는 동쪽에서 뜨고, 하늘은 머리 위에 있고, 땅은 발아래 있다는 절대 명제처럼 경쟁을 선언했다.

이유가 없다.
이유가 들어갈 컷도 없다.

[솔직히 좀 우울했어요. 지금까지의 경쟁도 쉽지 않았는데, 데뷔를 걸고 다시 한번 경쟁을 해야 한다니…….]
[여기서 지면 어떻게 되는 거지? 그런 생각밖에 안 들었어요.]

바로 테이크씬 멤버들 인터뷰로 넘어가 버렸으니까.
심지어 최대호 대표는 이 와중에 테이크씬을 칭찬하기도 했다.

[제작자로서 자부심을 느낄 때는 원석을 발굴해 보석으로 만들어 냈을 때죠. 하지만 테이크씬은 처음부터 보석이었습니다.]

그럼 그 보석들이 대체, 왜 경쟁을 해야 하는지에 대한 이유가 나와야 하지 않을까?
당연히, 그것도 없다.
우와, 진짜 최악이다.
난 도저히 참지 못하고 강석우 피디를 쳐다봤고.
"……."

강석우 피디가 슬그머니 내 눈을 피한다.

본인이 낸 아이디어인지, 채택만 한 건지 모르겠지만, 부끄러운 모양이다.

아, 그래. 무슨 의도인지는 알겠다.

프로그램 초반에는 시청자들이 커밍업 넥스트의 명분에 대해서 떠들어 댈 수 있다.

하지만 회차가 진행되고 프로그램에 몰입하기 시작하면 이런 이야기는 점점 사라질 거다.

특히 프로그램이 재미있다면 더더욱.

그러니 회피를 선택한 모양인데, 그래도 이건 아니지 않나?

그런 생각을 하고 있는데, 프로그램이 투 트랙으로 달려 나가기 시작한다.

한쪽에서는 테이크씬의 매력을 보여 준다.

심지어 원래 테이크씬의 멤버였던 액션이 갑작스런 가정사로 탈퇴하게 되고, 페이드가 합류하는 모습도 나온다.

액션이 탈퇴할 때 눈물을 흘리는 멤버들의 얼굴이 독기품은 연습 장면으로 전환되는 건 다큐멘터리급 카메라 워킹이었다.

그와 동시에 커밍업 넥스트 제작진들이 B팀을 찾아 헤맨다.

오디션을 보고, 인터뷰를 보는 컷들이 쉬지 않고 디졸

브되더니, 우뚝 멈춘다.

그리고 등장한 이이온.

음, 역시 잘생겼다.

포브스 선정 닮고 싶지 않은 음색 1위와 닮고 싶은 외모 1위를 동시에 차지한 남자답다.

[중소 기획사 데뷔조 출신이라고 적혀 있는데, 왜 탈퇴하셨어요?]

[최선을 다하고 싶어서요.]

[최선? 어떤 의미죠?]

[이전 기획사에 있을 때는 늘 이런 말을 들었습니다. 이 정도 노래면 됐어. 이 정도 무대면 됐어. 이 정도 느낌이면 충분해⋯⋯.]

이이온이 생략한 말이 뭔지 알 것 같다.

-너처럼 생겼으면⋯⋯.

아마 이전 기획사는 이이온의 외모로 빨리 돈을 벌고 싶었던 것 같다.

어떻게든 데뷔만 시켜 놓으면 알아서 돈이 들어올 거라고 생각했던 거지.

틀린 말도 아니다.

메이저한 일감이 들어왔을지는 모르겠지만, 이이온을

굴리면 1집 앨범 제작비 정도는 충분히 벌었을 거다.

어쩌면 애초에 아이돌로 데뷔시킨 것도 이이온의 얼굴을 알리기 위한 명함으로 쓸 생각이었을지도 모르고.

아니나 다를까, 화면 속 이이온도 내 생각과 비슷한 이야기를 하고 있었다.

[한데, 전 그러고 싶지 않았거든요. 음악이 하고 싶었어요. 진짜 제대로. 간절하게.]
[기회가 없었단 말인가요?]
[아뇨. 풍족한 기회들 속에서 유혹에 흔들렸다는 말입니다. 다 버리고, 정말 제대로 해 보고 싶었어요. 그래서 커밍업 넥스트를 선택했습니다.]

대본을 써 준 건가.
멘트가 괜찮네.
아무래도 이이온은 이전 기획사와 안 좋게 나온 것 같고, 라이언 엔터가 프로그램을 기획하며 관계 정리를 좀 한 것 같다.

그렇지 않으면 아무리 엠쇼라고 하더라도 저렇게 상황이 유추가 가능한 워딩을 통으로 내보냈을 리가 없지.

어, 아닌가.

제작 명분도 쌩까는 놈들이니까 충분히 막무가내로 했

을 것 같기도 하고?

 아무튼 그 뒤로 이어진 이이온의 무대는 꽤 훌륭했다.

[이 밤-! 난 아직--!]

음색이 별로라서 그렇지, 실력이 별론 건 아니니까.
춤도 곧잘 춘다.

[감사합니다.]

화면 속 이이온이 벅차게 웃으며 화면이 전환된다.
 그 뒤로 다시 테이크씬이 등장했고, 이번엔 주연의 노래가 꽤 길게 조명되었다.
 확실히 잘 부른다.
 사실 내가 미래를 기억하는 한국 가수들은 악연을 제외하면 엄청난 성공을 이루어 낸 이들뿐이다.
 '얘랑 콜라보하면 한국에서 앨범 좀 팔릴까?'라는 생각으로 계산기를 두드려 봐서 기억하는 거니까.
 내가 기억하던 전성기 실력만큼은 아니지만, 주연은 확실히 노래에 재능이 있다.
 그런 생각을 하고 있는데.

[어, 이 친구는 추천인이 좀 특이하네요?]
[누군데?]
[이현석 피디님 아시죠? 지금은 스튜디오 운영하고 있는.]
[아, 칫솔 작곡가 분?]

자료 화면으로 이현석이 어떤 히트곡을 써 냈는지가 삽입되고…….
내가 등장한다.
이게 방송에 나오네?
라이언 엔터 신입개발팀과의 면접 장면이 나올 거라고 생각 못했는데.

* * *

친구 최세희를 따라서 커밍업 넥스트에 방청을 갔다가 프로그램에 관심을 갖게 된 미대생이 컴퓨터 앞에 앉아 있었다.
커밍업 넥스트 1화가 방영되고 벌써 시간이 제법 지났다.
오늘은 중간 광고를 포함한 100분 편성이었는데, 얼추 30분 정도 지난 것 같다.

'중간 광고 넉넉히 빼고 90분 편성이라고 치면……. 1/3 정도 온 거네.'

한데 아직까지도 한시온이 코빼기도 보이지 않는다.

그녀가 커밍업 넥스트를 시청하는 이유의 절반 이상이 한시온 때문인데 말이었다.

여전히 방청을 가서 봤던 그날의 무대가 잊혀지지 않는다.

〈가로등 아래서 Remix〉.

아이돌 지망생에게 기대하는 무대와는 결이 달랐지만, 그 수준이 너무 높아서 감탄한 무대.

'그게 팀 대항 1차 미션이랬지? 그럼 팀 선정이 끝나야지 방송되는 건가?'

방송 분위기를 보아하니 적어도 이번 주에 나오진 않을 것 같다.

아마 다음 주 정도?

좀 아쉽긴 했지만, 그래도 괜찮았다.

한시온이 다른 미션에서 어떤 노래를 불렀는지도 궁금했으니까.

"아, 언제 나오는 거야."

그때였다.

이현석이라는 작곡가에게 추천을 받았다는 참가자가 등장한 게.

[안녕하세요. 한시온입니다.]

그녀가 기다리던 한시온이었다.

모니터 속의 한시온은 방청 무대에서 봤던 모습과는 외모적으로 거의 차이가 없었다.

'일단 화장빨은 아니고.'

애초에 무대 메이크업이 두터운 느낌이 아니었으니 그럴 것 같았지만, 또 모르는 일이다.

남돌들 중에서도 화장 전후의 갭이 엄청난 이들은 분명 존재했으니까.

[연주나 자작곡은 딱히 준비를 안 해 왔습니다. 죄송합니다.]

그렇게 말한 한시온이 지정곡을 먼저 부르기 시작했다.

라이언 엔터의 지정곡은 〈꽃말〉.

그녀가 꼬꼬마 시절에 발매된 노래지만, 예능 프로그램에서 꾸준히 재생산됐기 때문에 아는 노래다.

한시온의 노래는 깔끔했다.

덕질을 오래 하다 보면 반쯤 평론가가 될 수밖에 없는데, 누가 봐도 정말 깔끔한 방식으로 노래를 불렀다.

'심지어 화려하게 할 줄 몰라서 이러는 게 아니잖아?'
가로등 아래서 리믹스를 떠올려 보면 알 수 있다.
그 노래는 정말 화려했으니까.
아니나 다를까, 인터넷 반응은 호의적이었다.

―오, 얘 잘 부르지 않음?
―깔끔하네. 쿠세도 없고. 딱 메보 느낌인데?
―인터뷰 때는 약간 싸가지 없는 느낌이었는데, 노래 부르니까 인상이 확 바뀐다ㅇㅇ
―얼굴 완전 내 취향.
―좀 우울한 느낌 있지 않냐?
―ㅇㅇㅇㅇㅇ있음. 괴롭혀 주고 싶게 생겼음ㅋㅋㅋㅋㅋㅋ

하지만 이건 수면 위의 반응이고, 수면 아래의 반응은 살짝 달랐다.

―얘가 그 찢시온임? 별론데?
―그니까. 걍 좀 잘하는 킹반인 수준 아님?
―방청 갔다 왔다는 놈들 중 90%는 방구석 상상 방청임.
―님들 그거 앎? 이현석이 커밍업 넥스트 외주 스튜디

오 대표임.

-이현석 인맥빨로 붙었나 보네.

-캬 인맥돌. 성공할 자질이 있네.

이런 반응이 나오는 이유는 두 가지였다.

첫째로는 방청을 다녀온 이들의 지나친 설레발에 거부감을 느꼈기 때문이고.

둘째로는 무난하게 잘했기 때문이다.

서바이벌 프로그램의 시청자들은 포텐 감별사가 되기 쉬운데, 이들의 특징은 특별한 부분에 많은 점수를 준다는 것이었다.

모든 부분에서 90점인 사람보다 한 부분이 120점이고 나머지가 60점인 사람을 더 고평가한다.

'내 안목은 남들보다 뛰어나니까' 놀이를 하고 싶은 것이다.

그런 의미에서 한시온의 스타일은 불리했다.

안정적이고 탄탄한 기본기로 모든 부분을 올클리어하는 느낌이니까.

심지어 고음도 너무 쉽게 올려서 고음의 느낌이 없을 지경이었다.

'게다가 지금은 쉴더도 없고.'

쉴드가 없으니 부정적인 감상을 쏟아 내는 이들의 축제

가 열린 느낌이다.

그런 생각을 하던 미대생은 문득 혼란해졌다.

'혹시 내가 보정해서 듣는 건가?'

가로등 아래서의 무대를 봤기 때문에? 혹은 한시온이 마음에 들기 때문에?

본인이 객관성을 잃고 고평가를 하고 있을 수도 있겠다는 생각이 번뜩 든 것이었다.

그런 생각을 하는 순간.

[멜리즈마가 부른 Tony Bright라는 곡입니다. 1940년대에 발표됐습니다.]

[알앤비인가요?]

[원곡은 델타 블루스인데, 제가 시카고 블루스 느낌으로 편곡을 했습니다.]

-와 전문적인 척 오짐ㅋㅋㅋㅋ
-시카고 블루스로 편곡을 했습니다 이지랄ㅋㅋㅋㅋ
-블루스 ㅅㅂ. 홍대나 가지 오디션은 뭐 하러 옴?

날선 댓글들과 함께 자유곡이 시작되었다.

펑키한 드럼에 일렉트로닉 기타가 쏟아진다.

-???

 예상과는 다른 일렉트로닉 팝 느낌에 사람들이 당황한 사이, 고개를 까딱이던 한시온이 마이크를 잡았다.

 [The gypsy woman told my mother]
 [Before I was born-!]

 전자 기타를 쭉 가르고 들어가 반음씩 떨어지는 노래가 주는 청각적인 쾌감.

 [I got a boy child's comin']
 [He's gonna be a son of a gun]

 드럼에 딱 맞춘 정박으로 느껴지는 안정감.
 목소리가 놀이기구를 타듯 오르락내리락 하고, 선명한 멜로디를 쏘아 낸다.
 일순간 고음에 도달한 음이 갑자기 확 꺼지며 저음 비브라토.

 [He gonna make pretty women's]

하지만 음량은 더 커지고.

[Jump and shout!]

놀란 라이언 엔터의 신인개발팀의 얼굴이 클로즈업된다. 그리고.

[환절기 건조한 피부! 트러블 때문에 고민이 많다면!]

중간 광고가 시작되었다.
저도 모르게 숨을 참고 있던 미대생이 거친 숨을 내쉬었다.
"후아!"
결론이 났다.
객관성을 잃고 고평가를 한 게 아니었다.
한시온은 원래 높은 곳에 있다.
입술을 비죽 올린 대학생이 키보드를 탁탁 쳤다.

-어이없어서 보고만 있었는데 다 조용해졌네. 안목 수준 하곤ㅋ

이런 생각을 했던 게 그녀만은 아니었던 듯, 쉴더들의

댓글이 슥슥 올라오기 시작했다.

-가만히 댓글 보고 있었는데 나만 어이없었음? 블루스가 님들 좋아하는 알앤비의 원형인데ㅋ
-알앤비가 리듬 앤 블루스 줄임말인데ㅋ
-원래 알못들이 억까대장이지ㅋ

역시 'ㅋ'은 하나만 붙여야 제맛이다.

* * *

한시온의 노래 이후.

테이크썬이 최대호의 냉혹한 평가에 고개를 떨궜지만, 다시 이 악물고 도전하는 시퀀스가 진행되었다.

동시에 반대편에서는 10명 중 5명을 뽑는 B팀 선발전이 시작되었다.

방송 진행은 보통의 서바이벌 포맷보다 훨씬 빠른 느낌이었다.

사연팔이는 없었고, 멤버 한 명에게 특별한 분량을 몰아주지도 않는다.

심지어 이이온의 외모를 클로즈업할 만한 타이밍에도 와이드샷에 걸어 놓을 뿐이었다.

강박적인 공평함까지 느껴질 정도의 분량 조절.
그러면서 나름의 유쾌한 씬도 있었는데.

[왜 라이언인가요?]
[……네?]
[대호면 타이거 아닌가요?]

-ㅋㅋㅋㅋㅋㅋㅋㅋㅋㅋㅋㅋㅋ
-뭐야. 또라이잖아?

덕분에 최대호 대표가 지금껏 밝힌 적 없던 비사를 밝히기도 했다.

[사실 제가 사업자를 낼 때 거의 40시간 가까이 깨어 있었거든요.]
[너무 잠이 와서 헷갈린 거죠. ……라이언인 줄.]

평범한 시청자들은 피식 웃고 넘어가는 내용이었지만, 아이돌판의 팬들은 아니었다.

-
이름은 큰 호랑이인데 하는 짓은 살쾡이 같은 놈.

아니, 고양이 같은 놈.
고양이는 귀엽기라도 하지, 인간한테 해만 끼치는 놈.
그래서 라이언 엔터인가.
-

최대호가 거론되면 언제나 나오는 밈.
그 밈의 진실이 밝혀지는 순간이었기에 다들 박장대소하며 즐거워했다.
이어서 1절만 부르는 사전 미션의 룰이 공개되고, 참가자들의 선곡이 하나둘씩 언급되기 시작했다.
개중에는 한시온도 있었다.

[겹치면 좀 그런데……. 혹시 선곡 여쭤봐도 돼요?]
[가로등 아래서.]
[어? 후렴 불러도 되는 거였어요?]
[후렴 말고 1절 부를 건데.]
[어……. 좋은 노래긴 하죠.]

-와 개쓰레기 노래.
-존나 싫어. 최악.
-남자들이 노래방에서 이거 고르면 한 대 쳐도 무죄임ㅋㅋㅋㅋ

-아니 난 이 노래 좋아하는데 1절은 진짜 아니지 않냐.
-전형적인 힙스터.JPG

 인터넷이라서 반응이 과장된 면은 있겠지만, 다들 진심으로 질색하는 듯했다.
 하지만 한시온의 무대는 또 한 번의 반전을 만들어 냈다.
 원곡의 비트를 그대로 둔 채 보컬만으로 완전히 바꿔 버린 노래.
 그 노래가 시청자들의 입을 떡 벌어지게 만든 것이었다.
 게다가 내적 떼창을 유발하는 후렴 직전.

 [감사합니다.]

 홀로 씩 웃으며 내뱉은 인사와 뒤늦게 현실을 자각한 참가자들의 반응은 압권이었다.

-와, 씨. 너 인정. 인디충인 거 같긴 한데, 제대로 보이그룹스러운 거 부르는 모습 보고 싶다.
-그래서… 우리 시온이… 데뷔는 언제 한다고…?
-뭐지? 나 서바이벌에서 천재인 척하는 캐릭터 혐오하

는데, 애는 느낌이 좀 다른데?
 -척이 아니잖아ㅋㅋㅋ
 -진짜 한시온이 만들었겠냐ㅉㅉ 프로듀서가 만들어 준 거지
 -아니 근데 어케했누. 보컬 하나로 이렇게 노래가 이렇게 좋아질 수가 있나?

 제작진은 심사평의 순서를 살짝 바꿔서 이창준의 기술적인 심사를 먼저 보여 주고.

 -뭔말알?
 -모름.
 -걍 쩔었다는 뜻.

 최대호의 심사를 보여 줬다.

 [커밍업 넥스트. 직역하자면 '다음 순서는' 정도 되겠죠?]
 [좀 더 지켜봐야겠지만······.]
 [현재까지는 가장 기대되는 다음 순서는 한시온 씨일 것 같습니다.]

그리고 한시온의 무대 전 질의응답을 무대 후로 삽입했다.

[왜 아이돌이 되고 싶은 거죠?]
[안 그래도 지원 동기를 적을 때부터 계속 고민을 했는데……. 잘 모르겠습니다.]
[잘 모르겠다고?]
[네. 절실한 마음은 있는데, 그걸 왜, 언제부터 가졌는지는 모르겠습니다.]
[원래 진짜 꿈이란 건 그런 거죠. 이유가 없는. 잘 들었습니다.]

이쯤 되니 누가 봐도 알 수 있었다.
커밍업 넥스트 1화의 주인공은 한시온이었다.

* * *

얼굴 따갑네.
누가 봐도 1화의 주인공이 나였기 때문인지, 사람들이 힐끗힐끗 쳐다보는 게 느껴진다.
아니 근데 다들 예상했던 거 아니야?
새삼스럽게.

그런 생각을 하면서 일부러 근엄한 척 화면을 응시했다.

아직 리액션 캠이 돌아가고 있으니까 너무 기뻐하면 좀 그렇다.

내 무대가 하이라이트를 형성했지만, 아직 방송이 끝난 건 아니니까.

다른 이들의 사전 미션 무대가 방송을 탔고, 그 뒤로 1차 미션의 순서가 결정되었다.

[한시온 참가자. 본 경연의 순서를 선택해 주시죠.]
[첫 번째로 하겠습니다.]
[……첫 번째요?]
[네. 맨 앞. 제일 처음.]

내가 왜 저랬더라?
갑자기 우울해져서 기분을 풀려고 했었나?
내 순서 선택에 대한 참가자들의 반응이 인터뷰로 삽입되고, 테이크씬 시퀀스가 한 번 더 나왔다.

그렇게 1화가 끝이 났다.
한데, 다음 화 예고가 꽤 충격적이다.

[이거 맞아요? 한시온 참가자가 선곡한 게?]

[진짜? 이걸 왜?]

내 선곡을 두고 심사위원들이 놀라는 컷?
당연히 있을 법한 거다.

[귀를 의심했어요.]
[한시온이 삐-를 부른다고?]

참가자들의 리액션도 당연히 필요하다.
게다가 제작진은 영리하게 블루의 멘토링까지 삽입해 줬다.

[시온아. 이건 아이돌 오디션이지?]
[그러니까, 춤을 보여 줘야 해.]
[아이돌 선배님들의 곡을 커버하라는 말씀이시죠?]

내 이미지가 인디 스타일로 고착화되는 걸 막고, 호기심을 유발하기 위해.
이것도 있을 법한 내용이다.
내가 예상하지 못한 건 이 다음 내용이었다.

[한시온만 음원을 발매하는 건 좀 아니지 않아요?]

[어차피 사전 미션이었고, 그런 말도 없었잖아요.]
[아이돌 서바이벌에 진심인지도 모르겠던데……. (편집) 불공평한 거 같아요.]

얘 이름이 뭐더라.
김성우? 김우성?
아무튼 제작진은 김우성을 불쏘시개로 활용했다.
〈가로등 아래서〉의 음원이 나온다는 걸 직접 광고하지 않고도, 음원 발매를 알린 것이었다.
사실 프로그램 흐름상 가로등 아래서의 음원 발매를 대대적으로 홍보하긴 좀 애매했다.
근데 이렇게 해결하다니.
강석우 피디가 확실히 일을 잘하긴 한다.

[제가 음원 발매를 하면 다른 참가자들이 불공평함을 느끼지 않을까요?]
[저는……. 안 했으면 좋겠는데.]

삽입된 다음 내용도 마음에 들고.
근데 김우성은 좀 불쌍하네.
제작진이 살살 긁어서 저 인터뷰를 뽑아냈다는 거에 회귀 한 번 정도는 걸 수 있다.

그렇게 예고편 화면이 페이드 아웃되며 1화가 완전히 끝이 났다.

만족스럽다.

강석우 피디는 나의 약속을 지켰고, 나도 강석우 피디가 기대에 줄곧 부응하고 있다.

우리의 암묵적 계약은 연장되었다.

"컷. 잠깐 끊었다가 갈게요."

"다들 고생하셨습니다."

"고생하셨습니다!"

근데 좀 궁금하네.

음원 성적이 얼마나 나오려나?

* * *

평균 시청률 1.1%.

수도권 평균 시청률 1.3%.

분당 최고 시청률 1.9%.

〈커밍업 넥스트〉 1화의 성적.

누군가는 1%대인 기록들을 보고 고개를 갸웃할 수도 있겠지만, 사실 이건 굉장히 고무적인 기록이었다.

엠쇼는 지금껏 자체 제작 예능에서 큰 성과를 거둔 적

이 없으며, 커밍업 넥스트는 특정 엔터테인먼트의 사내 서바이벌이란 약점을 가지고 있다.

그렇기에 엠쇼의 예능 국장은 커밍업 넥스트의 목표 시청률을 1.9%로 잡고 있었다.

물론 강석우 피디에게는 2.5%는 찍으라고 못을 박아 놨지만, 내심 1.5% 이상이면 어깨를 두드려 줄 수 있다고 생각했던 것이었다.

한데, 수도권 1.3%가 나왔다.

만족스럽기 그지없는 출발이었다.

물론 첫 방송이 고점이고 점점 하락할 거라는 악담을 뱉는 이들도 있다.

대표적으로는 MBS, KBN, SBN.

하지만 방송계의 터줏대감인 공중파가 급도 안 되는 것들에 악담을 퍼붓겠는가?

커밍업 넥스트가 까인다는 건, 견제를 받는다는 거다.

견제를 받는다는 건 가능성이 있다는 거다.

왜냐하면.

'버즈량 튀는 방향성이 심상치 않은데?'

'이거 클립 조회 수 왜 이렇게 높아?'

커밍업 넥스트와 관련된 버즈량이 한 번에 확 타올랐다가 피시식 꺼져 버리는 느낌이 아니기 때문이었다.

오히려 선순환의 느낌이 있다.

프로그램을 재밌게 본 사람들이 관련 콘텐츠를 만들고, 그런 콘텐츠를 본 이들이 프로그램을 찾는다.

프로그램과 콘텐츠.

둘 중 하나만 부실해도 끝나 버릴 관심이 계속 순환하고 있다는 건, 금방 식어 버릴 이슈가 아니라는 증거였다.

그리고 그 중심에는…….

"와, 이게 먹히네?"

"이게 대체 몇 년도 노래야?"

한시온이 부르고 커밍업 넥스트가 발매한 음원 〈가로등 아래서〉가 있었다.

* * *

발매 첫날 한시온의 〈가로등 아래서〉는 Top 100 차트에서 89위를 기록했다.

충분히 훌륭한 결과였다.

한시온에게 그럴듯한 팬덤이 붙은 것도 아니고, 커밍업 넥스트가 국민적인 관심을 받는 오디션도 아니니까.

100위 안에 들었다는 건, 매장에 〈차트 Top 100〉을 무한 재생시켜 놓는 수많은 가게의 선택을 받았다는 거다.

이건 굉장히 중요하다.

괜히 음원 차트 100위와 101위의 저작권 수익 차이가 어마어마한 게 아니니까.

그럼에도 강석우 피디는 아쉬움을 느꼈고, 일단 지켜보기로 했다.

한데 다음날.

"음?"

음원 순위가 51위로 올랐다.

갑자기 순위가 38계단이나 상승했기에 강석우 피디는 어떤 계기가 있는 줄 알았다.

유명 가수가 본인의 SNS에 언급을 했다든지, 유명 크리에이터가 리액션 영상을 찍었다든지.

그것도 아니라면 클립 영상이 유튜브 알고리즘의 선택을 받았거나.

하지만 전부 아니었다.

SNS 버즈량, 검색량, 영상 클립 조회 수는 꾸준히 우상향하고 있지만 특별한 계기는 없었다.

그럼 어찌된 영문일까?

'혹시 지금 음원 차트가 케이크인가?'

그럴 수도 있다.

Top 100 차트의 허리를 형성하고 있는 경쟁 음원들의 성적에 허수가 껴 있을 수도 있다.

포크로 케이크를 찌르면 푹푹 들어가는 것처럼, 가로등 아래서의 음원 파워가 더 셌을 수도 있다.

하지만 이런 게 통하는 건 50위까지긴 하다.

대중들은 '음원 차트 1위'라는 수식어를 별것 아닌 것처럼 여기지만, 사실 이건 엄청난 일이다.

특정 시점에 대한민국 사람들이 가장 많이 들은 노래라는 뜻이니까.

'제발 50위권을 뚫었으면 좋겠군.'

강석우는 그렇게 생각하며 3일차를 기다렸다.

그리고 놀라운 일이 벌어졌다.

22. 가로등 아래서 (new)(hot)

음원 순위가 또다시 29계단이나 상승해 버리면서 22위에 안착해 버린 것이었다.

심지어 상승 기세에 불이 붙었다.

-와, 이 곡 오랜만이네.
-누가 리메이크한 거 같아서 비웃었는데ㅋㅋㅋ 개좋음;;
-옛날 생각 확 남ㅋㅋㅋ 대학생 때 진짜 많이 불렀는데.
-조기정은 우리 때 그룹 사운드 그 자체였다.

-나 2002년생... 우리 동년배들도 이 노래 좋아한다....
-ㅁㅊㅋㅋ 2002년생이면 열여섯 아님?
-이거 무슨 예능에서 불린 거임?
-커밍업 넥스트라고 있음. 엠쇼에서 하는 거.

순위가 높아지니 사람들이 붙고, 사람들이 붙으니 순위가 올라가고 있다.
이제 강석우는 혼란해졌다.
'분명 아무 계기도 없었는데?'
혹시 자신이 파악을 못했나 싶어서 작가들에게 지시했지만, 마찬가지의 결과가 나왔다.
그들도 이 노래가 왜 이렇게 고공 비행을 시작했는지 알지 못했다.
강석우가 정답을 알게 된 것은 3월에 입사 시험을 보는 신입 피디들의 면접을 보면서였다.
"앞으로의 방송 트렌드가 어떻게 될 것 같은지 본인의 예측을 듣고 싶네요."
방송국의 국룰인 마지막 질문에서 〈가로등 아래서〉란 이름이 상당히 많이 들리기 시작한 것이었다.
"트렌드는 미래로 나아가고 추억은 과거로 향하지만, 트렌드에만 편승한다면 추억 역시 미래로 나아갈 힘이 있다고……."

면접자는 그 뒤로 가로등 아래서의 인기와 최신 트렌드에 대한 생각을 섞어서 답변을 마무리했다.

답변 자체는 쓰레기였지만, 강석우는 무릎을 탁 칠 수밖에 없었다.

고공 행진의 이유는 간단했다.

선곡이 가진 힘.

그리고 한시온의 노래가 가진 힘.

조기정 밴드가 부른 〈가로등 아래서〉는 지금에야 지루한 벌스 때문에 저평가받지만, 예전에는 이런 식의 노래들이 많았다.

긴 전주, 잔잔하면서 서정적인 연주, 지루한 것 같지만 조금씩 나아가는 벌스, 펑 터지는 후렴구.

프로그레시브 록이나 아트 록에 영향을 받은 옛날 밴드들은 다 이런 곡을 한두 개쯤은 가지고 있었다.

그럼에도 불구하고 조기정 밴드의 가로등 아래서는 유독 오랫동안 사랑을 받았다.

이는 곧 좋은 노래라는 뜻이고, 대중의 추억을 가진 노래라는 뜻이다.

그런 노래가 길거리에서 들려오면 어떻게 될까?

누군가는 까맣게 잊고 지냈던 노래를 한 번쯤 검색해

볼 수 있을 거다.

당장 자신만 하더라도 프로그램 촬영 중 이 노래를 듣고서 반갑지 않았던가?

이게 선곡의 힘이었다.

두 번째는 한시온의 노래가 가진 힘이었다.

여기서 다른 설명은 필요 없다.

그냥, 한시온의 노래가 훌륭했다.

사실 강석우는 완전 편곡된 〈가로등 아래서 Remix〉를 들었기 때문에 한시온 버전의 가로등 아래서가 조금 심심하다고 생각했었다.

하지만 그건 상대적인 느낌일 뿐이었고, 충분히 훌륭한 노래였다.

덕분에 원곡에 대한 추억이 없는 어린 소비자들에게도 어필이 된 것이었다.

그뿐만이 아니다.

'요즘 애들은 이런 걸 힙하다고 하는군.'

최근에 이런 느낌의 노래가 없었다 보니, 오히려 차별점이 생겨났다.

노래가 좋네?

검색해 보니 90년대를 휩쓸었던 록이라고?

느낌 있는데?

이런 인상을 받게 된 것이었다.

진실을 알게 된 강석우는 감탄할 수밖에 없었다.

지금까지는 커밍업 넥스트가 가로등 아래서를 푸쉬해 주고 있다고 생각했었다.

하지만 반대였다.

가로등 아래서가 커밍업 넥스트를 푸쉬해 주고 있다.

그 결과, 프로그램의 재방 시청률과 IPTV 결제율이 심상치 않게 나오고 있었다.

그리고 마침내 발매 4일차.

7. 가로등 아래서 (new)(hot)

한시온의 가로등 아래서가 Top 10에 진입했다.

사내 서바이벌 오디션 프로그램의 1화에서 나온 음원이 거둔 성적이라고는 믿기지 않는 것이었다.

* * *

-진짜 너무 화나. 음원 사재기 어떻게 못 막나?
-와 진짜 인류애 박살이다. 이딴 게 4위에 있네.
-그래서 한시온이 누군덱ㅋㅋㅋ 나만 모름?
-ㅇㅇ 나도 모름.
-회사 어디임?

-ㅋㅋㅋ개웃기네. 가로등 아래서가 음원 사재기라고? 인급동 1위나 보고 오셈ㅋㅋㅋ

　-어쩌라고. 사재기로 떡상했으니 커밍업 넥스트로도 유입되는 거지.

　-컨(C.U.N, 커밍업 넥스트 줄임말) 말고 보컬 3대장 리액션 영상이 1위인데요~

　-말투 ㅈ같네.

　-ㅋㅋㅋㅋㅋ지네 오빠 차트 줄 세우기 못했다고 발광 난 거 보소.

　-장담컨대 이번 주 안으로 한시온이 1위 먹음. 꺼억.

　-사재기남 교통사고로 성대 부러지기 기원 3일차. 사재기 안 했으면 니 얘기 아님.

　　　　　　　　* * *

　한국의 커뮤니티는 이런 식이군.

　최재성이 알려 준 커뮤니티를 보고 있으니 영미권의 커뮤니티와 뭐가 다른지 딱 알겠다.

　그쪽은 댓글이 직설적이다.

　100%라고 말하진 않겠지만, 본인의 의도를 직설적으로 퍼붓는 이들이 더 많다.

　그에 반해 한국의 커뮤니티는 돌려서 비꼬는 느낌이 있다.

아마 한국에 있는 모욕죄 때문이겠지?

그 순간 누군가 내 핸드폰을 휙 하고 빼앗았다.

뭔가 싶어 고개를 들어 보니, 온새미로였다.

"이런 거 보지 마."

"왜?"

"악플이잖아."

이게?

자고로 악플이라고 칭하려면 '패션 고아'나 '친족살해미수 용의자' 정도는 되어야 하는 게 아닐까?

뭐 그것도 나중엔 아무 생각이 안 들긴 했지.

사실 너무 오랫동안 유명인으로 살다보니 악플에 초연해졌다.

외면해서 아무렇지 않은 것도 아니고, 참고 참다 보니 괜찮아진 것도 아니다.

그냥 별생각이 없다.

아마 스스로에 대한 타자화가 가능하기 때문일 거다.

타인의 비방에 상처받는다는 건, 바꿀 수 없는 '나'라는 존재에 대한 공격을 버티지 못하는 거다.

하지만 난 '나'를 완전히 바꿀 수 있다.

까칠하고 예민한 완벽주의자 보컬리스트의 삶을 살다가, 날 것 그대로를 뱉어 대는 양아치 래퍼로 살아갈 수 있는 것이다.

물론 이런 점 때문에 우울증 약물을 처방받아야 했고, 조현병에 걸릴 뻔하기도 했지만.

음, 그래도 온새미로는 내가 걱정이 돼서 말한 거겠지.

좀 나긋하게 대해 볼까?

"걱정은 고마운데, 이 정도는 아무렇지도 않아."

"어떻게?"

"응?"

"어떻게 아무렇지도 않냐고. 남들의 비난이."

"흥미롭다고 받아들여 봐. 어떻게 보면 내가 사람들을 조종한 거잖아? 내가 없었으면 이런 행동을 하지 않았을 사람들을 이렇게 만든 거니까."

"……."

진심이 담긴 조언이었는데 온새미로는 핸드폰을 휙 주고는 사라져 버렸다.

뒤늦게 사춘기가 올 걸까?

묘하게 삐딱한 놈이다.

그 뒤로 난 인터넷 서칭을 통해 대중들의 전체적인 분위기를 파악했다.

현재 음원 순위는 4위고, 주간 검색어 순위는 8위다.

1~3위가 정치권과 관련된 이야기인 걸 고려하자면, 콘텐츠 분야에서는 5위쯤 되는 것 같다.

무엇보다 마음에 드는 건, 내 노래가 재생산이 되고 있다는 거다.

음악 관련 유튜브들이 노래를 커버하거나 분석하고, 유명 가수들도 커버 영상을 올린다.

또한 조회 수는 얼마 되지 않는 것 같지만, 작곡 관련 콘텐츠를 제작하는 크리에이터들의 반응이 뜨겁다.

보통 그들이 나에 대해 하는 말은 세 가지인데, 첫 번째는 '대단하다', 두 번째는 '의심된다', 세 번째는 '운이다'였다.

대단하다는 사람들은 순수하게 감탄을 하는 거고, 의심된다는 사람들은 정말 이걸 내가 만들었는지 의심하는 거다.

운이라는 마지막 부류는.

[이게, 이론상으로는 가능한데 의도적으로 하나하나 고쳐서 만들 수가 없는 거거든요.]

[아마 좀 운이 작용한 거 같아요. 다른 노래를 만들다가 생겨난 보컬 라인을 가져다 썼더니, 어라? 잘 어울리네? 뭐 이런 느낌으로.]

[그렇다고 해도 이걸 정확히 표현한 능력 자체는 대단한 거긴 해요.]

의도를 가지고 보컬 라인을 수정한 게 아니라는 부류였다.

뭐, 이해는 한다.

사람들은 줄곧 나에게 불신을 쏟아 냈으니까.

그 불신이 먹히지 않게 되면 이해할 수 없는 증오를 쏟아 냈고.

아마 그들이 눈에 말도 안 되는 재능에 대한 질투 때문인 것 같다.

처음엔 억울했지만 이제는 내가 감당해야 할 부분이라고 생각한다.

난 시간의 제약을 받지 않는다는 치트키를 쓰면서 살아왔으니까.

그걸 원했던 적은 한 번도 없지만.

어차피 시간이 지나면 모두 알게 될 것이다.

가로등 아래서 리믹스만 나와도 내가 명확한 의도를 가지고 보컬 라인을 수정할 능력이 있다는 걸 입증할 수 있고.

아무튼 분위기를 보아하니 〈가로등 아래서〉는 조만간 음원 차트 1위를 달성할 것 같다.

다만 앨범 판매량에 카운팅이 안 되니 별 감흥은 없다.

게다가 지금 내가 신경 써야 하는 건, 가로등 아래서가 아니라 이틀밖에 남지 않은 자체 제작 미션의 무대였다.

이름하여······.

⟨Seoul Town Funk⟩.

내가 그렇게 반대했는데, 그놈의 다수결 때문에 이런 곡명을 가지게 되었다.

업타운 펑크를 서울에서 부르니, 서울 타운 펑크?

최악의 네이밍 센스다.

게다가 여긴 포천이잖아.

지리적 특성을 넣으려면 포천 타운 펑크가 더 적절하지 않나?

음원 발매를 못한다고 하니까 적당히 넘어가 준 거다.

"한시온."

"어."

"내려와. 안무실로 오래."

2층으로 올라온 구태환의 말에 고개를 끄덕였다.

그래, 연습이나 하자.

서울 타운이든 포천 타운이든 무대가 완벽한 게 더 중요하니까.

그렇게 내려간 1층에서 이상한 광경이 보였다.

세달백일 멤버들이 숙소 현관 앞에 옹기종기 모여 있는데, 어딘지 굉장히 불편해 보이는 얼굴이다.

내가 내려오니까 흠칫 놀라며 눈치를 보는 것 같기도 하고.

"다들 거기서 뭐 해요?"

무슨 일인가 싶어서 현관 밖을 보려는데, 갑자기 이이온이 몸으로 날 막아선다.

"자, 잠깐만."

뭐지?

그사이 숙소 1층에 상주하는 작가가 후다닥 다가오더니 내 어깨를 붙잡았다.

"시온아. 나가지 마."

좀 이상하다.

분명 작가의 목소리에는 걱정이 담겨 있다.

하지만 날 걱정하면서도 동시에 거치 카메라를 신경 쓰고 있는 것 같다.

이건 날 걱정할 만한 일이 생겼음에도 방송에서 활용할 수 있다는 생각이 들 만한…….

"아."

뭔지 알겠다.

"고모부 왔어요?"

세달백일 멤버들이 흠칫 놀란다.

내 추측이 맞나 보다.

하긴, 그 양반 입장에서는 오늘밤에 기회가 없긴 하다.

안 그래도 어제 최지운 변호사에게 연락이 왔었다.

내일이 가정 법원의 최종 선고일이고, 이견 없이 내가

후견인이 될 거라고.

항소를 할 수 없게 상황을 세팅해 놨지만, 억지 항소가 들어온다면 그것까지 깔끔하게 처리해 주겠다는 말과 함께.

수도 없이 겪은 일이라서 별생각 없이 고개를 끄덕였는데, 생각해 보니까 여기는 한국이다.

그동안은 미국에서 지냈기 때문에 친척들이 날 직접 찾아올 생각은 못했다.

설령 미국행 비행기에 탄다고 해도 내가 미국 어디 있는지 모를 거니까.

하지만 지금은 상황이 다르다.

난 한국에 있고, 오디션 프로그램에 출연 중이다.

여기 상주하는 스태프가 몇 명이고, 프로그램과 관련된 관계자가 몇 명인데.

숙소 위치 정도는 금방 알려졌겠지.

정보를 입수한 큰고모부가 참지 못하고 포천으로 달려온 것이다.

눈앞에서 몇십억이 날아가기 직전이니까.

근데 날 만나 봤자 할 수 있는 건 아무 것도 없을 텐데?

아, 혹시 콩고물을 얻어먹으려고 왔나?

대형 로펌의 최정상급 변호사가 붙었으니 후견인이 되

는 건 포기했지만, 혹시 몇 푼이라도 건질 수 있을까 싶어서.
그걸 한국어로 뭐라고 하더라?
뽀찌였나?
"제가 이야기해 볼게요. 연습해야 하는데 계속 난동 피우게 둘 수는 없으니까."
"하지만……."
작가의 눈이 떨리는 게 느껴진다.
저거, 갈등하는 거다.
내가 안쓰럽긴 한데 카메라로 찍고 싶어서.
연차가 얼마 안 됐나 보다.
아직 때가 덜 묻었네.
"혹시 모르니까 카메라로 좀 찍어 주시겠어요?"
"응?"
"헛소문 퍼트리면 공개해야죠."
"……."
한데 어이없게도 작가는 갈등한 게 아니라 그냥 날 걱정한 것이었다.
밖으로 나와 보니 이미 카메라가 돌아가고 있었거든.
카감 중 한 명이 숙소 전경을 잡기 위한 거치용 카메라를 슬쩍 조정한 것 같다.
카메라가 찍고 있다는 걸 아는지 모르는지, 얼굴이 시

뻘게진 큰고모부가 소리를 지르고 있는 게 보인다.

건장한 스태프들이 만류하고 있는데도 쩔쩔매는 걸 보니 역시 돈의 힘이 대단한가 보다.

그때, 큰고모부가 날 발견했다.

"이, 이! 애비 애미도 모르는 새끼! 내가 너네 애비한테 어떻게 했는데……!"

혀가 좀 꼬인 게 술을 먹은 거 같은데?

그런 생각을 하며 큰고모부에게 다가가는 순간, 이 양반이 포천까지 찾아온 의도를 알게 되었다.

법정 다툼의 한방 역전을 노리고 찾아온 게 아니다.

나한테 잘 보여서 콩고물을 얻기 위해 찾아온 것도 아니다.

그냥, 화가 나서 온 거다.

"어어!"

"잡아!"

다짜고짜 손바닥을 휘둘렀거든.

생각지도 못한 행동에 한 대 맞을 뻔했지만, 다행히 피할 수 있었다.

아니 근데 바보인가?

이런 행동을 남들 앞에서 하면 후견인이 될 확률이 0%가 되는 걸 모르나?

내가 한 대 맞아 주고 경찰서에 신고하면 어쩌려고?

어처구니가 없어서 비웃음이 새어 나올 뻔했지만, 간신히 참아 냈다.

웃으면 이상하겠지.

그래, 연기를 하자.

"도대체 저한테 뭘 바라시는 거예요! 당신! 병원에 한 번이라도 온 적 있어?!"

"이, 이 쌍놈의 새끼!"

좀 다른 이야기지만, 내 연기 실력은 나쁘지 않다.

영화에 출연한 적도 있고.

물론 내가 연기에 도전한 건 돈 때문이 아니라 앨범 때문이다.

에미넴은 〈8 Mile〉에 출연하기 전만 해도 전미 학부모들의 지탄을 받는 존재였다.

오죽하면 학생들에게 부정적인 영향력을 행사한다며 에미넴의 노래를 금지시켜달라는 시위까지 했으니까.

하지만 그의 자전적 이야기가 담긴 영화 〈8 Mile〉이 전미에서 흥행하자, 상황이 바뀌었다.

사람들이 그의 가사 뒤에 숨은 아픔에 공감했고, 스토리에 열광했다.

덕분에 OST인 Lose Yourself가 12주간 빌보드 Hot 100 1위를 기록했고, 그래미와 오스카를 동시에 수상하기도 했다.

거기서 영감을 받아서 나도 할리우드에서 내 이야기를 담은 영화를 제작해 본 적이 있는데…….

아, 지금 이런 생각을 할 때가 아니구나.

"씨벌놈의 새끼! 이 개만도 못한 배은망덕한 새끼!"

아니, 언제 은혜를 베풀었다고 자꾸 배은망덕이래.

진짜 뒤통수 한 대만 때리고 싶다.

상황은 결국 강석우 피디가 달려오면서 정리되었다.

스태프들은 일반인에다가 참가자 친인척이라서 어떻게 해야 할지 몰라 우왕좌왕했는데, 강석우 피디가 단번에 경찰을 불렀거든.

난동을 피우다가 경찰에 붙잡히는 큰고모부에게 다가가 귓속말로 속삭였다.

"후견인 때문에 조사하다 보니까 회사 생활 더럽게 하셨던데요?"

"……!"

"좋은 직장이잖아요. 돈 한 푼도 못 건지셨는데, 정년퇴직이라도 하려면 몸 사리셔야죠."

블러핑 아니고 진짜다.

술이 좀 깬 건지, 우르르 몰려온 경찰 때문인지.

입을 꾹 다문 큰고모부의 눈동자가 흔들리는 걸 보며, 난 눈물을 흘렸다.

정말 너무 슬프다.

왜 이 양반이 음주 운전을 하고 포천까지 왔을 거라는 의심은 아무도 안 하는 거지.

좀 이따 강석우 피디에게 넌지시 부탁해 봐야겠다.

* * *

"딴딴, 딴딴, 따안, 따안, 둘-셋!"

입으로 포인트 박자를 잡아 주던 안무 트레이너가 인상을 와락 구겼다.

멤버들이 전혀 집중을 못하고 있는 게 여실히 보였기 때문이었다.

하지만 트레이너는 날선 말을 쏟아 내는 대신, 나를 슬쩍 보고는 한숨을 푹 내쉬었다.

아니, 왜 내가 범인인 것처럼 쳐다봐.

난 실수 한 번 하지 않고, 열심히 집중하고 있었는데.

"이렇게 집중 안 할 거면 차라리 숙소로 가서 쉬는 게 낫겠다."

"……죄송합니다."

"잠깐 바람 좀 쐬고 올 테니, 정신 차리고 있어."

그렇게 자리를 비켜 주는데, 아무래도 나와 멤버들이 허심탄회하게 이야기하는 장면을 찍게 해 달라고 오더를 받은 모양이다.

연기가 어색하네.

난 그런 생각을 했지만, 이곳저곳 퍼져서 힐끔거리는 멤버들을 보니 어지간히 궁금하긴 한가 보다.

하긴 원래 타인의 불행담은 성공담보다 몇 배는 재미있는 법이다.

"잠깐 모여 봐요."

내 말에 네 명의 멤버들이 다가와 앉았다.

"이야기해 줄 테니까, 다들 집중 좀 하죠. 우리 공연 이틀밖에 안 남았는데."

"아니야. 시온아. 굳이 말하지 않아도 돼."

이이온의 말에 어깨를 으쓱했다.

언젠간 알게 될 이야기긴 하다.

강석우 피디도 어느 타이밍에 내 사연을 터트릴지 고민하고 있을 테니까.

아마 실력으로 만들어 낼 수 있는 이슈를 다 만든 다음에는 감성팔이를 보태지 않을까 싶다.

"아뇨. 언젠간 말해야 할 일이었어요. 음, 어떻게 이야기를 해야 할까……."

운을 좀 떼다가 말을 이었다.

"몇 달 전에 교통사고가 났어요."

사고일이 2016년 12월 7일이고 지금이 2017년 3월 22일이니, 진짜 몇 달 전 일이긴 하다.

난 그 뒤로 건조하게 내게 벌어진 일에 대해 설명했다.

교통사고가 났고, 부모님이 의식 불명 상태가 됐고, 얼마 전에 식물인간 판정을 받았다고.

의도적으로 최지운 변호사와 관련된 이야기까지 했다.

"그 사람들에게 부모님의 돈을 맡기고 싶지 않았어요. 그래서 로펌을 알아봤어요."

언젠간 이 이야기가 밝혀지면 날 의심하는 사람도 생길 거다.

스무 살짜리가 교통사고가 나자마자 변호사를 써서 재산권을 가져간 거니까.

심지어 내가 사이코패스라서 변호사와 사전에 상의한 뒤, 교통사고를 냈다는 사람도 생긴다.

그런 상황에 이 이야기를 들은 네 명이 도움이 될 거다.

이들이 두세 명씩한테만 전달해도 열 명은 될 거고, 그 열 명의 입을 통해 이야기가 퍼지는 건 금방이니까.

"그런 이야기입니다."

모든 이야기가 끝났을 때, 세달백일 멤버들의 얼굴에는 당황스러운 기색이 역력했다.

하긴, 식물인간 같은 건 드라마에서만 보던 이야기일 거다.

실제로 부모님은 병원에서도 당혹스러워하는 케이스다.

사망에 이르렀어야 할 사고가 났는데 금방 멀쩡해졌고, 이유를 알 수 없이 깨어나지 못하고 있으니까.

악마의 존재를 모르는 이들에게는 이상하게 보일 법도 하다.

"넌…… 괜찮아?"

구태환의 질문에 고개를 끄덕였다.

"육체적으로는 완전 괜찮고, 정신적으로도 괜찮아. 사실 실감이 잘 안 나서 괜찮은 것 같기도 하고."

"……."

"그러니까 너무 신경 쓸 거 없어요. 언젠간 깨어나실 거라고 믿고 있으니까."

"반드시…… 깨어나실 거야."

"나도 그렇게 믿고 있어."

꽤 긴 침묵 끝에 먼저 입을 연 것은 이이온이었다.

"시온아. 혹시 부모님이 병원에서 네 노래를 들으실 수 있게 여기 출연한 거야?"

"그런 셈이죠. 그래서 가급적 빠르게 데뷔를 하고 싶기도 해요."

"그렇구나……."

"이제 연습에 집중할 수 있죠? 이 무대를 망치면 제 꿈이 한 발짝 더 멀어지는 겁니다."

내 말에 멤버들이 결연한 표정으로 고개를 끄덕이며 자

리에서 일어났다.

"나중에……. 병문안을 한번 같이 가면 좋지 않을까?"

"차트 1위 하고 다 같이 가면 정말 좋을 거 같아요."

"찬성입니다."

멤버들의 말을 듣고 좀 당황했다.

굳이 이 사람들이 부모님의 병문안을 올 필요가 있는지 잘 모르겠어서.

게다가 1위라면 며칠 내로 달성할 것 같은데…….

물론 난 사회성이 있는 사람이기에 이런 말을 입에 담진 않았다.

뭐, 빈말 섞인 위로겠지.

"앗! 생각해 보니까 가로등 아래서로 1위 달성하는 거 아니에요?"

그나마 최재성이 어려서 머리가 가장 잘 돌아가나 보네.

"아, 맞아. 그 노래 풀 버전 진짜 좋더라."

"우리 선발전 때 다 그런 인터뷰 했었잖아요. 가로등 아래서 후렴까지 듣고 싶었다고."

"아, 맞아. 내적 떼창을 하고 있었는데 노래가 뚝 끊겨 가지고."

"서울 타운 펑크도 음원 등록만 되면 1위일 텐데!"

멤버들이 그런 이야기로 떠들고 있을 때쯤, 문이 열리

며 트레이너가 들어왔다.

"다들 표정 좋아졌네? 열심히 할 수 있겠어?"

"열심히 할 수 있습니다!"

피식 웃은 트레이너가 박수를 짝 쳤다.

연습이 재개되었다.

이번 연습은 꽤 만족스러웠다.

* * *

"젠장. 최악의 스케줄이었어."

"그만 좀 징징거려, 에디. 결과는 좋았잖아? 빅 샷이라고."

"음악을 돈으로만 보는 천민자본주의의 화신 같으니라고."

"음악을 돈 받고 팔수만 있다면 악마에게 영혼까지 팔겠다던 사람은 어디 갔나?"

"그때는 심신이 피폐할 때라."

퍼스트 클래스에 앉던 알렉스가 크리스 에드워드의 투덜거림에 실소를 내뱉었다.

한국행을 늦췄다고 벌써 2주째 저러고 있었지만, 회사 입장에서는 어쩔 수 없었다.

영미권의 메이저 방송국인 HBO와 그 정도 빅 샷을 성사시킬 수만 있다면, 2주가 아니라 2달도 할애해야 했다.

"그래서 지금 영국에서 곧장 한국으로 가잖아? 몇 시간만 참아."

"혹시 시온이란 소년이 2주 만에 빛나는 천재성을 잃어버렸으면 어쩌지?"

"걱정 마. 그 천재성은 아주 잘 유지되고 있으니까."

"네가 어떻게 알아?"

"영상을 받아 놨지."

"영상?"

"우리의 천재 소년이 여전히 리얼리티 쇼에서 활약 중인 영상."

그렇게 말한 알렉스가 크리스 에드워드에게 랩톱을 내밀었다.

그 안에는 지금껏 한시온의 꾸며 온 무대의 동영상이 들어 있었다.

커밍업 넥스트 제작진 쪽에서 받아 온 거라서 비방용 장면도 상당히 많은데, 알렉스도 흥미롭게 감상했다.

특히 LB 스튜디오라는 곳에서 즉흥 연주로 전개되던 밴드 플레이는 아주 인상 깊었다.

'즉흥 연주가 아닌 것 같긴 하지만.'

알렉스는 본래 한시온이란 소년이 그렇게까지 천재인

지 확신하지 못하고 있었다.

그냥 크리스 에드워드가 그렇다니 믿었을 뿐.

하지만 이번에 날아온 영상들을 보며 마음이 완전히 바뀌었다.

한시온은 천재가 맞다.

그가 만들어 내는 음악엔 분명히 아우라가 있다.

그게 영미권에서도 먹힐지는 잘 모르겠지만, 적어도 한국에서는 확실한 것 같다.

〈Under The Streetlight〉란 곡이 벌써 한국 내의 빌보드 차트에서 1위를 달성했다니까.

"이런 게 있었으면 진작 보여 줬어야지!"

"그랬으면 네가 미팅에 집중이나 했겠어?"

"뭐……. 그건 그렇지."

"리얼리티 쇼는 현재 1화밖에 안 나왔고, 나머지 영상들은 제작진에서 받은 가편집본이야. 아, 음원도 있어. 현재 한국 차트 1위를 달리는 중인."

"어쩐지 영상이 많더라."

"뭐부터 볼 거야?"

"당연히 리얼리티 쇼 1화부터 봐야지. 자막 달려 있지?"

"당연히."

그때 그들이 타고 있는 비행기가 이륙하기 시작했다.

알렉스는 지난 2주간 마라톤 협상을 진행했기에 상당히 피곤했다.

 그래서 이륙이 완료되고, 크리스 에드워드가 리얼리티 쇼 1화를 재생할 때쯤부터 기억이 없었다.

 '몇 시야?'

 기절하듯 잠들었던 알렉스가 눈을 뜬 것은 한참의 시간이 지나서였다.

 손목시계를 힐끔 보니 8시간이 지나 있다.

 런던에서 인천까지 13시간은 날아가야 하니 아직도 한참 남은 셈이다.

 그런 생각을 하던 알렉스가 별생각 없이 옆좌석을 쳐다보았다.

 크리스 에드워드가 벌게진 눈으로 노트북 화면을 응시하고 있다.

 아마 피곤함을 이기지 못하고 잠들었다가 이제야 깨서 영상을 보는 모양이었다.

 "언제 깼어?"

 "아직 안 잤어."

 "뭐? 그동안 뭐 했어? 8시간이나 지났는데."

 "이걸 봤지."

 "계속?"

 "계속."

노트북에 들어 있는 영상들의 러닝 타임을 다 합쳐 봐야 얼마나 된다고?

"설마 저 소년의 공연 영상을 계속 돌려본 거야?"

"알렉스."

"왜."

"시온은 천재야."

"알아. 네가 몇 번이나 말했잖아."

"아냐. 그때랑 좀 달라."

그렇게 말한 에디가 입을 꾹 다물고 다시 동영상을 시청한다.

한데, 동영상을 보는 방법이 좀 이상했다.

스페이스바를 연타하면서 1초 단위로 쪼개 보고 있다.

슬쩍 보니 가로등 아래서란 곡의 리믹스 버전 영상을 보는데, 방청객들을 초청해서 공연을 하는 내용이었다.

알렉스는 인내심을 가지고 에디의 동영상 시청이 끝나기를 기다렸다가 물었다.

"뭐가 다른데?"

"응?"

"지난번에도 천재라고 칭찬했던 저 소년이 지금은 다르다며."

"아. 그치."

잠시 생각을 정리하던 크리스 에드워드가 입을 열었다.

"지난번에는 평가한 거였어. 마치 심사위원들이 콩쿠르에서 신동을 발견했을 때처럼."

"지금은?"

"감탄했어. 내가 평가할 수 없다는 생각을 하면서. 시온은 명백히 나보다 윗줄에 있는 천재야."

"흠……."

평가가 과하다.

실제로 한시온이 에디보다 잘할 리가 없다.

아마 한시온의 음악이 에디의 취향에 꼭 맞았기 때문일 거다.

알렉스도 그런 적이 있었다.

자신의 눈에는 괴물처럼 보이는 천재가 있었지만, 모두가 그 친구의 음악은 꽤 괜찮은 수준이라고만 평가했으니까.

취향은 종종 객관성을 흐린다.

하지만 알렉스는 굳이 에디의 말에 반박하진 않았다.

"네가 그렇다면 그런 거겠지."

"알렉스. 한국으로 가면 곧장 시온을 만날 수 있어?"

"그건 곤란할걸?"

"왜?"

"우리가 서울에 도착할 때쯤이면 천재 소년이 리얼리티 쇼를 찍고 있을 거거든."

"그럼 그걸 보러 가자."

"응?"

"무대에서 노래를 할 거 아니야. 그걸 보러 가자고."

"저 쇼는 팀전이야. 한시온이 개인 곡을 부르는 게 아니라고."

"상관없어."

에디의 눈을 본 알렉스가 별수 없이 고개를 끄덕였다.

아티스트가 저런 눈을 할 때는 심각한 중범죄가 아닌 이상 따라 줘야 한다.

"오케이. 일단 눈 좀 붙여. 한국에서 공연을 보려면 멀쩡한 정신을 유지해야지."

"아, 그래. 그래야겠어."

"근데 에디, 지난번에 그랬잖아. 저 소년을 만나서 특별히 뭔가를 할 계획은 없다고. 아직도 그래?"

크리스 에드워드가 고개를 저었다.

하고 싶은 게 생긴 탓이었다.

"내 노래의 리믹스를 맡겨 보고 싶어."

"발매된 곡들의 리믹스를?"

"상관없어. 발매된 곡이든, 발매 안 된 곡이든. 그냥 시온이 내 곡에서 뭘 살리고 뭘 죽일지 궁금해."

아쉽긴 하다.

리믹스 버전으로 벌어들일 수 있는 돈은 한계가 있으니까.

하지만 보수적으로 생각해 보면 나쁘지 않기도 하다.

한시온의 음악적 역량이야 의심이 끝났지만, 빌보드 기준의 상업적 역량에 대해서는 아직 의구심이 드니까.

"나쁘지 않네."

"그치?"

"일단 좀 자. 서울에 도착하면 공연을 볼 수 있게 조치를 취해 놓을 테니까."

* * *

커밍업 넥스트의 2차 경연은 지난번과 마찬가지로 상암의 아트홀에서 진행되었다.

하지만 크게 달라진 게 있다면, 프로그램의 인지도였다.

지난번에 500명의 방청객을 모집할 때의 경쟁률은 13:1.

하지만 이건 집계 방법 때문에 나온 수치였다.

모집을 널널한 방식으로 진행했고, 2인 방청과 4인 방청도 받았으니까.

엄밀한 내부 지표로는 6:1 정도의 경쟁률로 기록되는 게 타당했다.

하지만 이번에는 달랐다.

800명의 방청객을 모집하는 데 나온 경쟁률이 52:1.

심지어 집계 방식으로 뻥튀기된 게 아닌, 정확한 경쟁률이었다.

이 같은 관심의 원인에는 프로그램 자체의 흥행도 있었지만, 그보다는 음원의 힘이 컸다.

한시온의 가로등 아래서가 음원 차트의 최정상에 오른 지 벌써 이틀이 지났으니까.

정말 오랜만에 한국식 정통 록발라드가 1위를 기록하자 꽤 많은 사람이 신이 났다.

2017년 현재 아이돌 음악과 힙합 음악은 부정할 수 없는 대세지만, 그걸 좋아하지 않는 사람들도 분명 존재하니까.

한데, 이게 참 아이러니한 부분이 있었다.

〈가로등 아래서〉는 아이돌 음악과 궤를 달리하는 느낌으로 성공했지만…….

-맨날 뽕뽕거리는 양산형 아이돌 노래만 나오다가, 간만에 제대로 된 거 나와서 좋으면 개추.
-윗댓이 그걸 부른 사람이 아이돌 서바이벌 참가자라는 걸 모르는 것 같으면 개추.

막상 그걸 부른 사람이 커밍업 넥스트의 출연진이었으

니까.

이런 상황 속에서 방청 신청 경쟁이 치열해진 건 너무 당연한 일이었다.

덩달아 당연해진 일이 있다면.

〈2화 예상 시청률 : 2.3%〉

축제 분위기의 엠쇼였다.

오죽하면 엠쇼의 사장이 슬쩍 다가와서 이 뒤에도 이슈가 될 만한 게 있냐고 넌지시 물어볼 정도였으니까.

그에 대한 강석우 피디의 대답은 간단했다.

"이제 겨우 막이 오른 겁니다. 기대하셔도 좋습니다."

강석우의 대답에 만족한 사장은 금일봉을 하사했고, 그 돈은 오늘 회식에 쓰일 예정이었다.

이 같은 상황 속에서 오후 2시.

800명의 방청객들이 입장을 완료했다.

* * *

커밍업 넥스트의 이전 경연은 포지션 배틀이었다.

테이크씬과 세달백일이 둘씩 짝지어져서 총 다섯 개의 무대를 선보였다.

하지만 오늘 경연은 팀 미션.

방청객들에게 보여 줄 무대라고는 두 개뿐.

심지어 두 무대를 합쳐 봐야 공연 시간은 채 20분도 되지 않는다.

오랜 시간 대기한 방청객들 입장에서는 맥이 빠지는 일이었다.

물론 예능 프로그램의 방청객을 콘서트의 관객처럼 대할 필요까지는 없다.

하지만 지금처럼 물이 들어오기 시작할 때는 열심히 노를 저어야 한다.

화제성이란 게 거저 쥐어지는 게 아니니까.

그래서 강석우 피디는 VCR 제작에 상당한 공을 들였다.

실제 방송만큼의 디테일을 챙길 수는 없겠지만, 방청객들이 앞으로 펼쳐질 무대를 기대하게끔 만들고 싶었다.

"뮤지컬을 보시는 것처럼 이 스토리를 편안하게 관람하시면 좋겠습니다."

진행을 맡은 블루가 적당한 분위기를 만들고 내려가자, VCR이 시작되었다.

VCR의 시작은 이미 방영된 커밍업 넥스트 1회의 요약이었다.

여기서 중요한 건, 편집점을 전부 없애고 쉬지 않고 무대를 보여 줬다는 것이었다.
 한시온, 이이온, 온새미로 같은 경우는 무대의 풀 버전이 방송을 탔지만, 최재성이나 구태환은 아니다.
 심지어 아직 클립으로 공개되지도 않았다.
 이들의 풀 영상은 오늘 처음 풀리는 것이었다.
 테이크씬의 연습 무대도 마찬가지였다.
 그렇게 1화가 요약된 뒤로는 아직 방영되지 않은 2화와 3화의 내용을 스포가 되지 않을 선에서 보여 주었다.
 그리고 마침내 현재 시점.

 -여러분들이 다음 경연에서 준비해야할 건……. 자체 제작 미션입니다.

 최대호의 선언 뒤로 VCR은 테이크씬에게 포커스를 맞추기 시작했다.
 주연, 페이드, 레디, 아이레벨, 씨유.
 이 다섯이 머리를 맞대고 무대를 구성하기 시작한 것이었다.
 테이크씬의 자체 제작 미션은 조별 과제 희망편 같은 느낌이었다.
 다섯 명의 멤버들이 똘똘 뭉쳐서 아이디어를 내고, 의견을 교환하고, 더 나은 방향으로 나아간다.

잠깐의 갈등은 있었지만 그게 감정의 골까지 뻗지는 않았고, 이내 훈훈한 장면을 연출한다.

어떤 노래를 선곡했는지는 보여 주지 않았으나, 방청객들은 분명 VCR 사이사이에서 익숙한 멜로디를 들을 수 있었다.

"이거 뭐지? 아, 엄청 유명한 노래인데?"

"마룬 파이브 노래 아냐?"

"Move Like Jagger? 그거 아냐. 비슷하긴 한데."

"맞는 거 같은데."

"아니라니까."

골똘히 생각하면 알아차릴 수도 있겠지만, 워낙 VCR이 빠르게 치고 나가서 생각할 틈을 주지 않는다.

그렇게 화면 속 테이크씬이 편곡을 끝내고, 안무를 준비하고, 무대 소품을 준비하다가.

갑자기 우뚝 멈췄다.

그리곤 카메라를 응시한다.

꼭 방청객들을 쳐다보는 것처럼.

"……?"

방청객들이 뭔가 싶어 VCR을 응시하자, 화면 속 주연이 묻는다.

—근데 무대의 시작을 빰! 알릴 때 폭죽이 나을까요? 아니면 불꽃이 나을까요?

처음에는 방청객들이 대답하지 않았다.

하지만 주연에게 어깨동무를 한 레디가 다시 한번 묻자, 몇몇 방청객들이 입을 열었다.

"폭죽!"

"불꽃!"

처음엔 대답이 혼재되었다.

하지만 이내 군중심리에 의해 의견이 합치됐다.

"불꽃!"

"불꽃!"

"불꽃!"

그 순간.

치이이이익!

무대 위로 거대한 불꽃이 피어오름과 동시에 난데없이 테이크씬이 등장했다.

사람들이 소리를 지를 새도 없이 드럼 솔로가 터져 나오고, 불꽃 속에 등장한 테이크씬의 딱 맞는 군무가 쏟아졌다.

사람들이 한 박자 늦은 환호성을 내질렀다.

테이크씬의 경연 무대가 시작된 것이었다.

테이크씬의 무대는 한 마디로 표현하자면 적절했다.

그들은 마룬 파이브의 〈Sugar〉라는 곡을 그들의 방식으로 불렀는데, 원곡이 경쾌한 팝 밴드 느낌이라면 테이크씬은 하드록을 섞었다.

하지만 그렇다고 완전한 하드록으로 편곡했다는 소리는 아니었다.

드럼의 질감이나 기타 리프가 하드록을 떠올리게 했을 뿐이지, 원곡을 크게 건드리진 않았다.

심지어 벌스를 한국어로 바꿨음에도 보컬 라인이 주는 느낌이 원곡과 거의 비슷했다.

몇몇 방청객들이 흥얼거리며 원곡 가사로 따라 불러도 이질감이 느껴지지 않을 정도로.

긍정적으로 평가하자면 원곡의 아이덴티티를 손상시키지 않고 텐션을 올린 것.

부정적으로 평가하자면 원곡이 가진 힘에 그대로 업혀 가는 것.

물론…….

-와아아아아아!
-우와아아아아아!

거의 대부분의 방청객들은 이 무대를 긍정적으로 평가하고 있었다.

애초에 아이돌 지망생들이 자체 제작으로 만든 노래이다.

이 정도면 기대를 뛰어넘을 정도로 훌륭했고, 절대적인 평가로도 훌륭했다.

그래서 그런지 후렴에서 테이크씬이 군무를 출 때는 떼창이 터져 나올 정도였다.

-YOUR SUGAR!
-YES, PLEASE!

사실 마룬 파이브의 슈가는 국내 한정으로는 치트키 같은 선곡이었다.

한국의 2015년 연간 차트에서 무려 5위를 기록한 곡이니까.

〈Sugar〉 이전에는 팝송이 국내 연간 차트 Top 10 안에 이름을 올린 적이 없었다.

테이크씬의 무대가 절정을 향해 치달았다.

대미를 장식한 것은 편곡이 사라지고 원곡으로 돌아온 후렴을 가창력으로 가득 채우는 주연이었다.

퍼펑!

주연의 후렴과 함께 꽃가루가 터지며, 테이크씬 멤버들이 안무 없이 무대에서 마음껏 날뛰기 시작한다.

실제로는 전부 계산된 동작이었지만, 보는 사람들에겐 참가자들이 흥을 못 이겨 뛰어노는 것처럼 보였다.

덕분에 무대가 마무리되는 순간, 어마어마한 환호성이 터져 나왔다.

 한시온의 〈가로등 아래서〉 때문에 방청을 온 이들도 테이크씬이라는 이름을 기억하게 될 정도로.

 심지어 몇몇 방청객들은 커튼콜을 보내고 있었다.

 -정말 멋진 무대였습니다!

 무대로 올라온 블루가 장내를 진정시키는 사이.

 오늘의 방청 현장에서 가장 이질적인 두 사람이 서로를 쳐다보았다.

 크리스 에드워드와 그의 매니저인 알렉스였다.

 개방될 예정이 없었던 2층 테라스에 단둘이 앉아 있던 두 사람은 장내가 진정되자 입을 열었다.

 "에디, 어떻게 들었어?"

 "괜찮은데? 마지막 후렴을 부른 친구는 실력이 꽤 뛰어나네."

 "퍼포먼스는 제외하고, 노래의 편곡적인 부분을 평가하자면?"

 "정말 나쁘지 않았어. 좀 촌스럽긴 했지만. 문제가 있다면······."

 말을 이어 받은 것은 알렉스였다.

"에어 플레이 시장에선 안 먹히겠지?"

"응. 비주얼 퍼포먼스 없이 음원만 들으면 금방 질릴 거야. 시끄럽거든."

강한 드럼과 강한 멜로디 리프가 정답이라면 왜 수많은 뮤지션들이 악기 선택에 있어 고민을 하겠는가.

왜 믹싱 엔지니어들이 컴프레서를 어떻게 설정할지 며칠을 고민하겠는가.

음악을 구성하는 수많은 소리의 밸런스를 찾고, 블렌딩 시킨다는 건 예민하기 짝이 없는 작업이다.

그런 의미에서 테이크썬이란 소년들이 만든 〈Sugar〉는 밸런스 조절에 실패한 곡이었다.

흥을 내기 위해 바꾼 드럼과 기타가 핵심 멜로디의 유려함을 깎아먹는다.

그걸 시각적 퍼포먼스로 커버하긴 했지만, 원곡의 어마어마한 후광 효과가 없었다면 지금보다 더 별로였을 것이다.

하지만 크리스 에드워드는 이 무대를 혹평하진 않았다.

"자료 화면을 보니까 저 소년들이 직접 만든 무대 같던데? 이 정도면 훌륭하지. 난 어릴 때 저거보다 못했어."

알렉스가 피식 웃었다.

가만 보면 에디는 좀 순진한 구석이 있다.

리얼리티 쇼의 참가자들에게 편곡의 전권을 맡기는 경

우가 어디 있단 말인가?

아마 방송국에서 준비시킨 엔지니어와 서포터들이 수도 없이 개입을 했을 거다.

물론 한시온은 예외다.

알렉스는 이 부분이 의심스러워서 커밍업 넥스트 제작진에게 몇 번이나 외부 서포트가 있었는지를 물었지만, 대답은 항상 일관됐다.

Nothing.

방송국의 모든 명예를 걸고 한시온의 작업물에 도움은 없었다고 했다.

물론 알렉스는 명예 따위를 믿는 사람은 아니었기에, 계약서에 명시까지 했다.

막상 에디가 방송에 출연했는데 한시온에게 조작의 흔적을 발견한다면 어마어마한 위약금을 받는 걸로.

다른 조건에 있어서 까다롭게 굴던 한국의 방송국이 이 부분에 있어선 원 샷에 오케이를 한 걸 보면, 한시온의 재능은 진짜다.

'아마 다음 무대는 한시온이 꾸몄겠지.'

알렉스가 그런 생각을 하는 사이, 테이크썬의 심사평이 마무리 된 듯했다.

크리스 에드워드와 알렉스는 한국어를 전혀 하지 못했기에 느낌으로 미루어 짐작할 수밖에 없었는데, 아마 호

평을 받은 것 같다.

스크린에 송출되는 92이란 숫자가 점수인 것 같으니까.

"너였으면 몇 점을 줬어?"

"흠. 경연 무대의 특수성을 고려해 한 번의 무대로 상대팀을 이겨야 한다면 80점 정도 줬을 것 같네."

"음원을 평가하자면?"

"퍼포먼스 없이? 그럼 50점? 55점? 어린 나이를 고려하면 60점은 줄 수 있겠네."

"야박하네."

"그러는 너는?"

"이 무대가 큰돈이 된다면 100점이고, 돈이 안 된다면 0점이지."

"천민자본주의의 아이콘다운 평가야."

그때 새로운 VCR이 시작되었다.

이번엔 한시온이 포함된 '세달백일'과 관련된 영상이었다.

"알렉스. 시온이 속한 팀의 이름이 3months 100days라고 했지?"

"어."

"무슨 뜻일까? 3개월이면 92일쯤 되는 거 아냐?"

"글쎄?"

그들이 그런 의미 없는 이야기를 나눌 때쯤, 처음으로

VCR 안에서 멜로디가 들려왔다.

알렉스는 어디서 들어 본 멜로디라는 생각은 했지만, 기억은 나지 않았다.

원곡 그대로가 아니라 변형된 멜로디를 들려줬기 때문이었다.

하지만 알아차린 크리스 에드워드는 흥미로운 표정을 지었다.

"노린 건가?"

"뭐가?"

"앞 팀이 부른 〈Sugar〉가 빌보드 차트 몇 위였는지 알아?"

"1위 아니야? 엄청난 돈을 벌어들인 걸로 아는데."

"아냐. 2위야. 바로 앞에 어마어마한 트럭이 달리고 있었거든."

"트럭?"

기억을 곱씹어 봤지만, 당시 빌보드 차트의 순위까진 알지 못했다.

"1위가 무슨 곡인데?"

"〈Uptown Funk〉. 14주 연속 1위."

"아!"

"그게 시온의 팀이 부를 곡인가 보네."

그때 사람들이 어마어마한 함성을 토해 냈다.

시선을 돌려 보니, 어느새 무대 위에 알록달록 예쁜 옷을 입은 연주자들이 자리하고 있었다.

 에디와 알렉스는 몰랐지만, 연주자들이 입은 옷은 한복이었고 그들이 들고 있는 건 한국의 전통 악기였다.

 심지어 스크린을 통해 깔린 배경도 고려시대쯤으로 보이는 저잣거리의 풍경이었다.

 그 순간, 연주가 시작되었다.

 "드럼이 아니네?"

 "그러게. 옛날 악기 같은데?"

 북, 나발(나팔), 태평소.

 3개의 전통 악기로 진행되는 연주는 굉장히 심심했다.

 북은 기본 박자만 지킬 뿐이고, 나발과 태평소에는 힘이 없었다.

 익숙한 멜로디에 박수를 치던 방청객들의 박수 소리가 점점 힘을 잃는다.

 그 모습을 보던 알렉스와 크리스 에드워드는 궁금했다.

 대체 한시온은 무슨 생각인 걸까?

* * *

 난 평생을 가수로 살아왔지만, 사고방식은 제작자에 훨

씬 더 가까운 사람이다.

처음부터 그런 건 아니었고, 회귀를 거듭하다 보니 음악에만 올인해서는 2억 장을 팔 수 없다는 생각이 들었기 때문이었다.

그렇다고 내가 보통의 제작자와 완전히 똑같냐면, 그건 아니다.

다른 제작자들이 끊임없이 새로운 가수를 발굴한다면, 난 '한시온'이라는 가수를 끊임없이 새로운 환경에 몰아넣어야 한다.

그래서 여기에 있다.

아이돌.

분명 빌어먹을 아이돌이라고 생각했지만, 무대 아래에서 심호흡을 하는 순간 모든 게 바뀐다.

관객들을 만족시키고 싶고, 사람들을 놀래키고 싶다.

동종 업계 사람들을 절망에 빠트리고, 모든 사람이 나에 대해 떠들게 만들고 싶다.

음원 차트를 점령하고, 유투브 전체를 내 무대의 커버 영상으로 채우고 싶다.

단숨에 제작자의 마인드가 사라지고, 가수가 된다.

지금처럼.

그 순간, 인이어에서 전통 악기로 진행되는 〈Uptown Funk〉가 들려온다.

아주 기본적이고, 심심한 연주.

희미하게 들리던 박수 소리가 더는 들리지 않는 걸 보니, 방청객들의 흥이 벌써 식었나 보다.

빠르기도 하네.

이제 시작인데.

그 순간, 구태환이 서 있는 리프트 앞에 빨간불이 들어왔다.

긴장된 표정이 역력한 구태환의 시선이 내게 스치자, 고개를 끄덕여 주었다.

구태환은 잘할 거다.

이번 무대에 사람들이 놀랄 거고.

띠- 띠- 띠-

빨간불이 세 번 깜빡이고 초록불로 바뀌는 순간, 쿠궁! 하는 벼락 소리와 함께 구태환이 무대 위로 휙 올라간다.

잠깐의 정적 뒤.

둥- 둥- 둥!

박력 있는 북소리가 퍼커션의 역할을 하며 강렬한 리듬감을 형성한다.

이번엔 최재성과 이이온의 차례였다.

두 사람도 날 쳐다보더니 무대 위로 올라간다.

그와 동시에 울려 퍼지는 태평소와 나발의 사운드에 쫀득한 리듬감이 생긴다.

다시 사람들의 박수 소리가 들리는 것 같다.

벌써 흥이 돋았나?

아직 아닌데.

온새미로가 무대 위로 향한다.

이번엔 현대 음악에서 사용되는 하이햇 드럼과 클랩, 웅장한 브라스가 전통 악기 사운드 사이로 섞여 들어간다.

마지막으로 남은 건 나다.

내 리프트 앞에 빨간불이 떠오른다.

이게 세 번 깜빡이고 초록불이 들어오면 올라가는 거다.

깜빡.

인이어로 들려오는 음악과 빨간 불빛을 보며 속으로 박자를 맞추고 있었지만, 내 상념은 무대를 기획하던 순간으로 돌아가 있었다.

깜빡.

"교내 댄스 동아리는 어때요?"

"동아리면 차라리 농구부가 나을 것 같아."

"더 파격적이면 좋겠는데. 늑대인간은?"

"판타지? 그럼 뱀파이어가 국룰 아니야?"

멤버들은 우리 무대에 컨셉이 필요하다고 주장했다.

처음엔 그들의 주장을 이해하진 못했지만, 수용하려고 했었다.

그때 온새미로가 '이 컨셉'에 대한 의견을 냈다.

개중 가장 괜찮은 의견이라서 만장일치로 채택이 되었는데, 이상하게도 곡을 만들면서 계속 그 생각이 났다.

그래서 곡에 반영해 보기로 했다.

그 결과는…….

"이걸 이렇게 했다고?"
"미쳤네. 어떻게 이런 생각을 했어?"
"너 진짜 천재야?"

아주 만족스러웠다.

쉬운 작업은 아니었지만, 내 스스로 생각하기에도 섹시한 사운드가 빠졌다.

그뿐만이 아니었다.

음악을 만들다 보니 저절로 떠오른 무대 퍼포먼스도 있었다.

"백 투 더 퓨처란 영화에 30년 전으로 간 주인공이 척 베리의 〈Johny B. Goode〉을 부르는 장면이 있어요."

"척 베리 몰라요? 로큰롤을 만든 사람이라고 보면 돼요."

"하지만 그 시대에는 로큰롤이 없을 때고, 관객들이 주인공을 미친놈처럼 쳐다보죠."

"그때 주인공이 이렇게 말해요."

"아직 여러분은 이 장르를 들을 준비가 안 되셨나 보네요. 하지만 여러분의 자녀는 좋아할 겁니다."

"근데 전 그 장면을 보며 이런 생각을 했어요."

"진짜 명곡이라면, 옛날 사람들도 좋아하지 않을까?"

그랬다.

온새미로가 제안하고, 최종적으로 채택된 우리의 컨셉은 '시간 여행자'였다.

2017년을 사는 세달백일 멤버들이 하나둘씩 과거로 향했고.

깜빡.

이제, 내 차례다.

팟, 하는 소리와 함께 리프트가 날 무대 위로 인도한다.

벼락이 떨어지는 효과와 함께 내가 과거에 도착하는 순간.

베이스, 전자 기타, 전자 피아노의 사운드가 일제히 폭발했다.

그렇게 〈Seoul Town Funk〉가 시작되었다.

* * *

한복을 입은 전통 악기 연주자들이 업타운 펑크를 심심하게 연주할 때만 해도, 방청객들의 반응은 좋지 못했다.

아이돌 커뮤니티에 한 발 담근 이들 중에는 역시 한시온의 인디충 기질이 문제라고 생각하는 이들도 있었고.

하지만 무대 위로 번개가 내리치며 구태환이 등장하자 상황이 바뀌었다.

구태환은 연말 가요 대전에서나 볼 수 있는 화려한 무대 의상을 입고 있었는데, 전통 한복을 입은 연주자들과 확연하게 대비가 됐다.

구태환의 등장에 연주자들은 정말 과거 시대의 사람이라도 되는 듯, 놀라 연주를 멈췄다.

구태환도 당황한 것처럼 보였다.

하지만 정적은 짧았다.

연주자들은 어떤 사정에서인지 지금 반드시 연주를 해야 하는 것처럼 보였고, 다시 연주를 시작했다.

그렇게 업다운 펑크의 심심한 기본 리듬이 다시 흘러나온다.

그걸 들은 구태환이 당황한 기색을 지우고 박자에 맞춰

고개를 끄덕이더니.

깨끗한 목소리로 도입부를 불렀다.

This hit, that ice cold
Michelle Pfeiffer,
that white gold

구태환의 도입부는 소름끼치도록 깔끔했고, 놀랍도록 쫄깃했다.

커밍업 넥스트 1화를 여러 번 돌려본 방청객들 중에는 깜짝 놀라는 이들도 있었다.

분명 구태환의 무대는 방송됐었지만, 특별한 장점을 보여 주지는 못했었다.

한데 이 도입부는 뭐란 말인가?

큰 감흥을 주지 못하던 연주가 갑자기 리드미컬하게 들려온다.

연주가 변한 게 아니다.

보컬이 그렇게 만든 것이다.

지금의 도입부는 한시온과 구태환이 일주일 내내 갈고 닦은 그의 특별한 리듬감이었다.

놀란 건 방청객들만이 아니었다.

기계적으로 북을 연주하던 연주자가 화들짝 놀라서 고

개를 든다.

 그리고는 엄청난 영감을 받은 듯 더 큰 동작으로 북을 연주하기 시작했다.

 둥- 둥- 둥-!

 타이트한 리듬이 생겨난다.

 드럼보다 멀리 퍼져 나가는 타악기의 사운드가 무대를 꽉 채우는 순간.

 번쩍!

 소리 없는 벼락이 치며 최재성과 이이온이 무대 위로 등장했다.

 두 사람은 구태환과 달리 당황하지 않았다.

 곧장 화음을 넣어서 브릿지를 부르기 시작했다.

Girls hit your hallelujah-
Girls hit your hallelujah-
Girls hit your hallelujah-

 이번엔 태평소와 나발의 연주자들이 감명을 받은 듯, 명확한 리듬을 토해 내기 시작한다.

 방청객에서 환호와 박수가 들려오기 시작한다.

 다음은 온새미로였다.

 온새미로는 원곡 인트로의 허밍인 '듬, 듬듬듬, 듬듬듬듬-듬'을 부르기 시작했는데…….

높다.

허밍이라고 믿기지 않는 굉장히 높은 음역대였다.

그와 동시에 하이햇 드럼과 클랩, 웅장한 브라스가 전통 악기 사운드 사이로 섞여 들어간다.

완벽하다.

여기서 뭔가 더 보태면 안 될 것 같은 완벽함이었다.

그러나.

번쩍!

한시온이 등장하며 베이스, 전자 기타, 전자 피아노가 터져 나오자 미친 듯한 환호성이 터졌다.

완벽하다 생각했던 사운드보다 더 완벽한 사운드가 터져 나왔으니까.

그 순간, 세달백일의 다섯 멤버들이 퍼커션에 딱딱 맞아떨어지는 스텝과 함께 튀어나왔다.

더 이상 흥을 돋울 필요 없다는 듯, 다짜고짜 구태환의 도입부가 시작됐다.

This hit, that ice cold
Michelle Pfeiffer,
that white gold

세달백일의 서울 타운 펑크는 한국 전통 악기가 뼈대를 형성하고 있어서 원곡과는 확연히 느낌이 달랐다.

태평소는 조금 더 경쟁적인 느낌을 내고 싶어 했고, 나발은 조금 더 웅장한 소리를 내고 싶어 했다.

그 사이에서 북이 절묘한 리듬감을 형성하며 드럼과 어우러지고, 빈 공간을 하이햇과 클랩이 채우고, 마디의 끝을 브라스가 장식했다.

그 속에서 도입부를 이어받은 건 최재성이었다.

경쟁하는 낭만,
그게 우리 방식,
제발 날 추월해!

한시온은 파트를 분배한 후, 곡의 가사를 마음대로 쓰라고 했다.

애초에 업타운 펑크는 가사에 별 의미가 없는 곡이다.

여흥의 순간에 외칠 만한 재치 있는 레퍼런스와 오마주를 나열해 놨을 뿐이니까.

그래서 한시온은 멤버들에게 적절한 단어를 고르고, 그걸 최대한 솔직한 문장으로 만들라고 했다.

노골적일 만큼 유치하거나, 아무도 알아듣지 못할 말이면 더 좋다고.

공연 흐름상 방청객들이 아는 도입부를 뱉어야 하는 구태환을 제외하면, 모든 가사는 본인이 쓴 것이었다.

세달, 백일
Livin'it up the city

온새미로처럼 원곡의 가사와 느낌을 그대로 가져온 이도 있었고.

High해진 채 노래를 불러
내일 처음으로 돌아갈 것처럼

한시온처럼 본인만 알아들을 수 있는 은유를 집어넣은 사람도 있었다.
하지만 뭐가 됐든 상관없었다.
한시온이 그 모든 가사를 가지고 새로운 리듬을 짰으니까.
방청객들은 처음에 세달백일이 테이크씬처럼 무대를 구성한 줄 알았다.
테이크씬은 가사를 한국어로 바꾸면서도 원곡의 보컬 라인을 그대로 가져갔으니까.
하지만 아니었다.

서울 타운 펑크의 벌스는 원곡과 비슷한 듯 달랐고, 다른 듯 비슷했다.

 그 애매한 선에서 질주하는 노래가 청각적인 쾌감을 줬고, 비트에 딱딱 맞는 퍼포먼스가 시각적인 쾌감을 줬다.

 그리고 마침내 후렴이 찾아왔다.

 업타운 펑크가 14주 동안이나 빌보드 최정상을 차지할 수 있게 해 준 미친 후렴.

 -꺄아아아아!
 -우와아아!

 관객들이 미쳐 날뛰는 게 무대 위에서도 보일 지경이었다.

 사실 한시온은 이 부분도 좀 건드려 보고 싶긴 했다.

 하지만 이리 뜯어보고 저리 뜯어봐도 건드릴 게 없다.

 원곡보다 수준 높은 사운드?

 만들 수 있다.

 듣는 이를 더 흥분시키는 악기 배치?

 충분히 할 수 있다.

 하지만 그게 원곡보다 좋을 것 같진 않다.

 아주 적절한 사운드로 만들어 낸 아주 적절한 흥분 상태.

 휘몰아치는 연주 속 약간의 여유와 약간의 여백.

그 모든 게 어우러져서 탄생한 굉장한 후렴이었기에 한시온도 포기할 수밖에 없는 것이었다.

하지만 완전히 똑같은 사운드를 쓰는 건, 회귀자의 자존심이 용납할 수 없는 일이었다.

그래서 한시온은 전통 악기 소리를 샘플링해서 '똑같이 좋지만 다른 소리'를 만들어 냈다.

'이 정도로 만족해야지.'

그는 그렇게 생각했지만, 무대를 보고 있던 이들의 생각은 달랐다.

특히 크리스 에드워드처럼 음악적 조예가 깊은 이들은 엄청난 충격을 받았다.

질감이 완전히 다른 유니크한 악기로 원곡과 똑같은 느낌을 만들어 낼 수 있다고?

그게 가능하다고?

어떻게?

'이럴 거면 작곡가들이 사운드 초이스에 고통받을 이유가 뭐가 있는데!'

그런 배신감까지 들 정도였다.

이런 감상 속에서 드디어 이이온의 차례가 돌아왔다.

첫 번째 벌스와 후렴이 끝날 동안 이이온만 유일하게 파트가 없었으니까.

* * *

 솔직히 말하자면 이이온은 서울 타운 펑크를 준비하면서 적잖이 당황했었다.
 지금껏 단 한 번도 본인의 실력이 부족하다는 생각을 해 본 적이 없다.
 한시온이나 온새미로 같은 괴물들을 가창력으로 이기긴 힘들다는 건 안다.
 하지만 주어진 파트를 자신만의 장점으로 소화할 수 있다는 자신감은 있었다.
 객관적으로, 이이온도 노래를 잘하는 사람이었으니까.
 하지만 한시온의 말은 좀 달랐다.
 "형의 음색은 주인공이 되어야만 하는 음색이에요."
 "그게 무슨 소리야?"
 "형, 여기다가 도-미-솔- 불러 보세요. 정확한 음으로."
 꽤 많은 트레이닝 경험이 있는 이이온은 어렵지 않게 정확한 음계를 찍어 냈다.
 한시온은 이어서 다른 멤버들에게도 똑같은 녹음을 시켰다.
 최재성이 자꾸 플랫되는 바람에 몇 번 재녹음을 해야 했지만, 다들 어렵지 않게 도미솔 정도는 부를 수 있었다.
 "다들 눈 감아요. 이제 불협화음이 느껴지면 손을 드는 거예요."

한시온이 멤버들의 목소리를 랜덤으로 섞으며 도, 미, 솔로 구성된 C코드를 치기 시작했다.

도는 최재성, 미는 온새미로, 솔은 한시온, 이런 식으로.

모든 멤버들의 목소리는 정상적인 C코드를 형성했다.

딱 한 사람, 이이온만 제외하면.

눈을 감은 멤버들이 손을 들 때면 어김없이 화음 안에 이이온의 목소리가 끼어 있었다.

"이, 이게 어떻게 된 거지? 내가 잘못 불렀나?"

"음계가 틀린 건 아니에요. 이것도 화성학적으로 따지면 정상적인 C코드가 맞아요."

"그럼?"

"음색이 안 묻는 거예요. 다른 사람들 목소리에. 그래서 불협화음처럼 들리는 거고."

"……"

"너무 걱정하지 마세요. 제가 이 이야기를 한 건, 파트 분배를 하기 전에 모두에게 납득을 시키고 싶었던 거니까."

이이온은 한시온이 자신에게 적은 파트를 준다는 이야기를 하려는 줄 알았다.

하지만 아니었다.

"형은 이제부터 세달백일에서 래퍼의 역할을 할 거예요."

"뭐? 랩을 하라고?"

"아뇨. 형의 노래가 랩처럼 쓰일 거라는 거예요."

"왜?"

"아이돌 노래에서 랩의 역할이 뭐예요?"

"……타격감?"

"틀린 건 아니지만, 더 정확히 말하자면 역치를 환기시키는 거예요."

중독적인 후렴과 키치한 멜로디가 중요한 아이돌 그룹의 음악은 유독 비슷한 구간의 리프가 잦은 편이다.

한데, 같은 수준의 자극도 지속적으로 받게 되면 점점 더 약하게 느껴진다.

원래 인간의 감각이 그렇게 설계되어 있다.

그래서 공연장에서는 처음에는 10의 볼륨을 틀었다가 시간이 지남에 따라 11, 12, 13으로 조금씩 볼륨을 올리기도 했다.

그렇지 않으면 역치가 높아진 관객들이 볼륨이 줄어들었다고 착각할 수 있으니까.

"랩은 멜로디와 리듬에서 오는 역치를 환기시킬 수 있어요. 노래와 전혀 다르니까요."

이이온은 드디어 한시온이 하고 싶은 말을 이해했다.

"그걸 형이 해 줘야 해요."

* * *

서울 타운 펑크의 후렴이 끝나는 순간, 전자 기타와 전자 키보드가 자취를 감추었다.

그러자 곡의 전면을 채우고 있던 전통 악기의 소리가 더욱 거대하게 느껴지며, 날것의 느낌이 들었다.

그렇게 주어진 6마디에서, 이이온이 노래를 시작했다.

Stop, wait a minute
기타와 키보드는 빠져
카메라! 조금 뒤로
잘 잡히고 있지? 미소 어때?

이이온의 목소리가 그루브를 형성하는 순간, 어딘지 폭력적인 느낌이 들었다.

가사나 태도에 대해서 이야기하는 게 아니다.

멜로디를 전달하는 방식.

그 방식이 들려준다기보다는 쏘아붙이는 느낌에 가까웠기 때문이다.

하지만…….

전혀 나쁜 느낌은 아니었다.

아니, 오히려 좋았다.

한시온은 이이온의 음색이 포스트 디스코, 특히 부기 같은 장르에 찰떡일 수 있겠다고 생각할 정도였으니까.

그리고 업타운 펑크는 소울과 디스코 팝에 부기 장르가 섞여 들어간 노래였다.

즉, 이곳은 이이온이 마음껏 뛰어놀 수 있는 놀이터였다.

서울, 타운,
내가 태어난 City
회색빛 정글에서
회색분자처럼 편을 갈라

전자 기타와 키보드가 사라진 곳을 까끌한 이이온의 음색이 채워 넣었다.

관객들은 알지 못했지만, 한시온은 이이온의 솔로 파트를 위해 전체적인 비트의 EQ까지 건드려 놓은 상태였다.

그렇게 이이온의 파트가 끝나는 순간.

지지지직!

건드려 놓았던 EQ가 일순간에 튀어 오르는 불협화음 속에서 다짜고짜 후렴이 터져 나왔다.

원곡과 다른 전개였지만 상관없었다.
이이온의 목소리가 역치를 원점으로 돌려 놨으니까.

* * *

온새미로와 내 목소리가 경쟁적으로 음역대를 높이며 후렴을 토해 낸다.
하지만 그 하모니에 적의는 담겨 있지 않았다.
호승심?
그래, 그 정도 표현이 적절할 것 같다.
그러자 최재성이 싸우지 말라는 듯 화음을 넣고, 구태환이 뭐 어떠냐는 듯 허밍을 넣는다.
그러지 말고 춤이나 추자며 센터에 선 이이온이 큰 동작을 가져간다.
실전이 연습보다 훌륭하긴 쉽지 않다.
대부분의 뮤지션들은 공연에서도 연습만큼만 할 수 있기를 바란다.
하지만 지금.
우리는 연습보다 훨씬 뛰어난 퍼포먼스를 보이고 있었다.
경쟁에서 오는 긴장감.
관객들이 주는 압박감.

실수에 대한 불안함.

그 모든 것을 훌륭히 극복해 낸 우리에게 주어진 상이었다.

비죽 웃음이 새어 나왔다.

우리라는 표현이 낯설다.

그동안은 아마 '세달백일 멤버' 정도로 지칭했던 것 같은데.

그래, 나는 방어적인 인간이다.

무한 회귀는 그 어떤 인간관계에도 정착하지 못함을 의미한다.

지난 생의 친구에게 호의를 베풀었다가 사기를 당하고, 내가 사랑했던 이가 나를 증오하는 모습을 볼 수 있다.

이런 경험들은 내게 방어 기제를 갖게 했고, 그것은 시간이 지날수록 두꺼워졌다.

하지만 지금, 이 스테이지 위에서만큼은 '우리'다.

좋은 무대를 선보이고 싶다는 욕망에는 그 어떤 인간관계나 이해득실이 개입하지 않았으니까.

스테이지 아래로 내려가면 난 다시 손익을 따지고, 인맥의 경중을 따지는 사람이 되지만······.

Don't believe me just watch!

Don't believe me just watch!

여기서는 아니다.
행복하다.
그렇게 〈세달백일〉이 완전체로 선보인 첫 번째 무대가 끝이 났다.

* * *

세달백일의 마지막 후렴이 끝남과 동시에 무대 위로 번개가 내리쳤다.
콰쾅!
무대에 완전히 몰입해 있던 방청객들이 깜짝 놀랄 만큼 환한 빛과 우렁찬 소리였다.
그리고 그 빛이 사라졌을 때.
더는 무대 위에서 세달백일의 모습을 찾아볼 수 없었다.
연주자들은 갑자기 사라진 세달백일에 당황한 얼굴이었지만…….
둥! 둥둥! 둥둥!
음악을 멈추진 않았다.
그 순간, 무대 위의 조명이 암전되며 무대 장치 중 하나인 스크린에 글자가 떠올랐다.

〈Seoul Town Funk〉.

엔딩이었다.

"와아아아아아!"

방청객들은 환호를 지르면서도 방금 무대에 대해 생각했다.

'시간 여행 컨셉이지?!'

무대 위의 배경은 고려나 조선쯤으로 보였고, 악기 연주자들도 전통 복장에 전통 악기를 들고 있었다.

한데, 번개가 칠 때마다 세달백일 멤버들이 등장했고, 그들의 의상은 지극히 현대적이었다.

이건 누가 뭐래도 시간 여행이다.

과거에 불시착한 이들이 현대의 음악을 전파하고 사라진 것이다.

게다가 무대의 엔딩을 떠올려 보자면, 세달백일은 다시 되돌아갔지만 음악은 과거에 남았다.

'재밌어!'

대부분의 방청객들은 이 정도에서 생각을 멈췄지만, 아이돌 문화에 익숙한 이들은 아니었다.

'미친!'

머릿속에서 저절로 세달백일의 컨셉에 대한 생각이 뻗쳐 나간다.

팀의 세계관이 시간 여행이라면 재미있는 것들을 많이 할 수 있다.

가장 먼저 떠오르는 것은 중세 서양이었다.

베토벤이나 모차르트가 살던 시대에 세달백일이 도착하면 어떨까?

그 시대의 클래식 음악을 샘플링 떠서 곡을 만들 수도 있다.

현악을 베이스로 한 오케스트라 느낌의 노래가 탄생할 수 있다는 것이었다.

꼭 과거로 갈 필요도 없다.

미래 지구에 디스토피아가 도래했다던가, 인간이 멸망하고 로봇만 살아남았다는 설정도 가능하다.

'사이버펑크도 되지!'

물론 컨셉츄얼한 무대는 좋은 곡과 그걸 소화하는 멤버들의 실력이 없으면 안 하느니만 못하긴 하다.

어설프게 시도했다가는 공감성 수치만 불러일으키기 마련이니까.

하지만 세달백일은 가능할 것 같다.

VCR을 100% 믿을 순 없지만 한시온의 프로듀싱 능력은 진짜인 것 같았고, 멤버들의 무대 몰입감도 뛰어났으니까.

너무 재미있는 무대였다.

"이거 방송이 언제지? 무대 처음부터 다시 보고 싶은데."

"와, 테이크씬도 잘한다고 생각했는데 세달백일이 진짜였네."

"개쩔어."

방청객들이 흥분을 가라앉히지 못하고 계속 떠들 때쯤, 무대 위로 블루가 올라왔다.

심사평이 시작되었다.

* * *

커밍업 넥스트의 심사위원들이 무대 평가를 시작하자, 크리스 에드워드와 알렉스도 서로를 쳐다보았다.

먼저 입을 연 것은 알렉스였다.

"놀라운 무대라는 것엔 이견이 없지?"

"당연하지. 한국으로 오길 잘했어. 곡을 쓰고 싶어졌어."

"그거 좋네. 그럼 이번 무대는 몇 점이야?"

"흠……. 고민되는데?"

알렉스가 고개를 갸웃했다.

냅다 100점이라고 외칠 줄 알았는데, 의외의 반응이다.

대답은 더 의외였다.

"아무래도 84점을 줘야겠어."

"정말? 왜?"

"더 좋았어야 해. 더 좋을 수 있었고. 몇몇 요소들이 아쉬움을 남겼어."

"이를 테면?"

"가장 아쉬운 건 키 작은 친구와 피부가 하얀 친구지."

"누구? 옷 색깔로 말해 봐."

"보라색이랑 검은색."

크리스 에드워드가 지목한 건 최재성과 이이온이었다.

"키 작은 친구는 지나치게 미성인데다가 펑크와 소울 장르를 제대로 이해하지 못하고 있어. 그래서 노래가 좀 떴어."

"또?"

"하얀 친구는 음색이 지나치게 튀어. 한시온도 그걸 알고선 EQ로 판을 깔아 줬지만, 그런 배려가 필요한 가수를 선택했다는 것 자체가 감점 사안이야."

"잠깐, 잠깐."

에디가 무슨 말을 하는지는 알겠다.

하지만 평가하는 관점이 어딘지 좀 이상하다.

가수를 선택했다고?

감점 사안이라고?

"저들은 리얼리티 쇼의 참가자일 뿐이야. 가수를 선택할 수 없는 상황이었다고."

"아……!"

크리스 에드워드가 뒤늦게 자신의 실수를 인식했다.

앞선 팀의 무대를 평가할 때는 리얼리티 쇼의 경쟁 무대라는 기준으로 점수를 매겼다.

하지만 세달백일은 절대적인 기준으로 점수를 매겼다.

현존하는 최고의 음악들과 동일선상에 놓고 점수를 매겼다는 것이었다.

그럼에도 84점이나 줄 수 있다는 게 놀라울 지경이었고.

"앞선 팀 이름이 뭐였지? 레디액션?"

"테이크씬."

"아, 그래. 세달백일을 테이크씬과 같은 기준으로 평가를 하라는 거지?"

"어."

"그럼 100점이지. 어떤 잣대를 들이밀어도 이 쇼 안에서는 최고였어."

"음원을 내면 어떨 거 같아?"

"글쎄. 원곡이 워낙 유명하니 변수가 많겠지만……. Hot 100 안에는 무난히 들 것 같은데?"

알렉스도 고개를 끄덕였다.

업타운 펑크, 아니 서울 타운 펑크를 들으며 가슴이 뛰었다.

그리고 알렉스는 자신의 가슴이 뛰는 음악에 투자해서 실패한 경험이 거의 없었다.

다만, 그가 고민해야 하는 건 이번 무대가 아니라 한시온이었다.

과연 한시온이 미국에서 통할까?

통한다는 생각이 들면 얼마까지 투자할 수 있을까?

이런 부분은 매니지먼트가 결정해야 할 일이지만, 애초에 한시온의 천재성을 가장 먼저 알아본 건 에디다.

"에디, 우리의 천재 소년이 빌보드에서 통할까?"

"작곡가? 아니면 가수?"

"뭐가 됐든."

"작곡가로서는 100%야. 전 재산을 걸 수도 있어."

"흠……."

"알렉스. 내 말 믿어도 좋아. 시온은 본인이 할 수 있는 걸 제대로 보여 준 적이 없어. 이 리얼리티 쇼는 그에게 족쇄야."

서울 타운 펑크를 한시온 혼자서 불렀으면 어땠을까?

아니면 다섯 명의 한시온이 불렀다면?

프로듀서 한시온이 가수 다섯 명을 섭외했다면?

뭐가 됐든 지금의 무대보다 몇 배는 좋았을 거라고 장

답할 수 있었다.

왜 저 정도 재능을 가지고 리얼리티 쇼 따위에 출연한 걸까?

아직 본인의 재능에 대한 확신이 없나?

그런 생각을 하던 크리스 에드워드가 벌떡 자리에서 일어났다.

"아무래도 지금 시온을 만나야겠어. 어디로 가면 되지?"

"잠깐. 미팅 스케줄은 내일이야. 통역가도 내일 올 예정이고."

"통역은 무슨. 피아노 한 대랑 구글 번역기면 충분히 교감할 수 있어."

당장이라도 뛰쳐나갈 것 같은 크리스 에드워드의 표정에 알렉스가 별수 없이 고개를 끄덕였다.

사실 그도 당장 시온과 만나고 싶긴 했다.

그래도 절차라는 게 있다.

"좋아. 그럼 일단 프로그램의 책임자부터 만나자."

"넌 그렇게 해. 난 대기실로 갈 테니까."

"응?"

"성공한 아티스트로 산다는 건 엿 같을 때가 많지만, 좋은 점도 있지. 적당히 충동적으로 행동해도 이해받거든."

크리스 에드워드가 히죽 웃으며 촬영 스태프에게 다가기 시작했다.

알렉스가 한숨을 내쉬며 스마트폰을 들었다.

프로그램의 책임자인 Mr.Kang에게 양해를 구해야 할 시간이다.

* * *

성공적인 무대가 주는 흥분과 고양감은 꽤 오래 간다.

그래서 그런지 대기실로 돌아온 멤버들은 꽤 텐션이 올라 있었다.

"아, 진짜 기분 너무 좋다."

"이온 형, 벌스 투 들어갈 때 장난 아니었어요!"

"우리 안무 실수도 없었지?"

"없었을걸요!"

뭐, 그럴 만도 하긴 하다.

방청객들의 반응도 좋았고, 심사위원들의 평가도 좋았으니까.

우리가 네 명의 심사 위원에게 받은 점수의 총합은 396점이었다.

블루와 유선화는 100점.

이창준과 최대호는 98점.

이창준은 무대는 너무 좋았지만 곡 구성이 조금 산만했다며 2점을 깎았고, 최대호는 훌륭했지만 다섯 명의 합이 완벽하진 않았다며 2점을 깎았다.

뭐, 근데 그냥 적당한 핑계를 댄 것 같다.

여기서 올 100점을 맞아 버리면 앞으로의 심사평에서 할 말이 없으니까.

그런 생각을 하면서 멤버들이 조잘조잘 떠드는 걸 보고 있는데, 최재성이 내 어깨를 툭 쳤다.

"우리 세달백일의 리더 겸 프로듀서님도 한 말씀 하셔야죠!"

"음, 다들 고생했어요. 연습보다 실전에서 더 잘하긴 쉽지 않은데, 완벽했습니다."

"가끔 보면 시온 형은 이미 몇 번 데뷔한 사람 같다니까요?"

몇 번 아니고 수십 번은 했다.

그때 이이온이 날 보며 실실 웃는다.

"갑자기 차분한 척하네?"

"……."

"아까 공연 끝나자마자 무대 위에서 뭐라고 했지? 우리 멤버들이 이렇게……."

"그만. 그만요."

……진심이 아니었다.

만족스러운 무대 때문에 뇌에 엔돌핀이 차올라서 마음에 없는 덕담이 나온 거다.

그러니까 이건, 회귀자의 고충 같은 거다.

너무 오랫동안 비슷한 일을 반복해 온 탓에 일상생활에선 현실감이 없는데, 공연을 하면 리얼리즘이 느껴지니까.

내가 음악과 무대를 너무 사랑하는 나머지 벌어진 일종의 사고라고 보면 된다.

그런 생각을 하고 있는데, 멤버들이 와 하고 웃음을 터트렸다.

"시온이가 민망한 표정 짓는 거 처음 봐!"

"더 해 봐. 더 해 줘."

……젠장.

설마 방송에 나오진 않겠지.

멤버들은 그 뒤로도 한참을 신나게 떠들어 댔다.

빨리 방송이 됐으면 좋겠다거나, 세달백일 팀 구호를 정해야한다는 쓸데없는 말들로.

"오늘 여덟 시까지 자유 시간 준다던데 다 같이 저녁 먹을까요?"

최재성이 마지막으로 가장 쓸데없는 제안을 했고.

"좋다. 다들 괜찮아?"

"좋습니다!"

"네. 저도 좋아요."

온새미로까지 오케이를 하자 별수 없이 고개를 끄덕였다.

그래 뭐, 나도 사회성이 있는 사람이다.

앞으로도 함께 두 달이 넘는 숙소 생활을 해야 하는데, 편해지면 좋지.

그런 생각을 하고 있는데, 갑자기 대기실 문이 벌컥 열렸다.

웬 선글라스를 낀 백인이 모습을 드러낸다.

"Wow!"

난데없는 외국인의 등장에 세달백일 멤버들은 당황한 듯 보였지만, 난 상대를 한눈에 알아봤다.

에디.

아니, 크리스 에드워드잖아?

얘가 여기 왜 있지?

강석우 피디에게 에디가 한국에 올 거라는 이야기는 들었다.

그걸 위해서 플라워스 블룸의 편곡 버전을 보내 주기도 했고.

하지만 예정된 미팅 일정은 내일이었고, 설령 오늘 한국에 왔다고 해도 대기실에 찾아오는 건 이상한 일이다.

게다가 왔으면 인사나 하지 왜 웃고만 있는 건데?

"후, 후알유?"

큰 형이라는 책임감 때문인지 이이온이 앞으로 나서는 순간.

강석우 피디가 카메라 감독과 함께 헐레벌떡 대기실로 뛰어 들어왔다.

"한시온 씨!"

"네?"

"영어 좀 해요?"

"어, 네."

"얼마나?"

"원어민 수준일 걸요?"

"진짜로요?"

"조기 교육을 받아서."

거짓말이긴 하지만, 강석우 피디는 우리 부모님이 의사라는 걸 알고 있기에 쉽게 믿었다.

"이분이 누군지 알아요?"

"아뇨."

"크리스 에드워드에요. 플라워스 블룸의 작곡가."

"네?!"

"작곡가가 에드워드라고요?!"

화끈한 반응은 내가 아닌 멤버들에게서 나왔다.

그리고 보니까 플라워스 블룸의 작곡가가 크리스 에드

워드고, 한국에 온다는 이야기는 아직 전달이 안 된 걸로 안다.

근데 에디가 한국에서 유명했던가?

반응이 뜨겁네.

그사이 에디가 나한테 악수를 건네 왔다.

"헤이, 정말 만나고 싶었어. 난 네 팬이야."

이 자식, 화장실 갔다가 손 안 씻는 습관이 있었는데…….

아직 안 고쳤겠지.

"한국에서 처음 만나면 악수보단 인사를 해."

"인사?"

"이렇게."

* * *

에디와 함께 아트홀에서 빠져나와서 택시에 올라탔다.

스태프 없이, 단둘이다.

강석우 피디가 정말 슬픈 눈망울로 여기서 얘기하면 안 되냐고 물었지만, 카메라 없는 곳에서 해야 할 일이 있어서.

어차피 미팅 씬은 내일 찍으면 되잖아?

물론 일개 참가자인 내가 메인 피디에게 이런 요구를

한 건 아니고.

에디에게 슬쩍 부탁했다.

"헤이, 어디로 가는 거야?"

"집."

"너희 집?"

"응. 어차피 네가 궁금한 것도 우리 집에 있지 않겠어?"

"내가 뭘 궁금해하는데?"

"내 음악이 궁금해서 찾아온 거 아니야? 들려줄게."

"와우, 자신감이 대단한걸?"

그렇게 오랜만에 도착한 집에서 어이없는 걸 발견했다.

현관문 앞이 난리가 나 있는데, 아무래도 큰고모부가 한 짓인 것 같다.

촬영장으로 쫓아오기 전에 우리 집에 먼저 들렀던 건가.

아니면 촬영장에서 쫓겨난 다음 여기로 온 건가.

뭐가 됐든 난장판이었다.

"벌써 훌리건에게 시달릴 정도의 스타야?"

"아직 스타는 아니지만, 날 따라다니는 중년의 훌리건은 있지."

"그게 더 위험한 거 아냐?"

피식 웃으며 문을 열었다.

"들어와."

"혼자 살아?"

"일단은."

에디에게 손부터 씻게 하고, 커피를 한 잔 내 왔다.

"크리스, 내가 지금부터 할 일이 좀 있거든?"

"뭔데?"

"급한 작업이 있어. 대화는 그게 끝나고 하는 게 어때?"

"그동안 난 뭘 하고?"

"내가 만든 음악을 듣고 있으면 되지. 잠깐 기다려 봐."

방에서 예비용 맥북과 USB를 가져왔다.

USB 안에는 내가 이번 생에 작곡한 모든 음악이 들어 있다.

"흐음. 대화부터 하고 싶었는데."

"얼마 안 걸리니까, 좀 참아."

"이상하네. 오늘 처음 봤는데, 묘하게 친근해. 네가 날 편하게 대해서 그런가?"

아마 그럴 거다.

빌보드에 대해서 아무 것도 몰랐던 미국행 초반에는 에디와 함께 살았던 적도 있으니까.

솔직히 말하자면 내가 회귀 후반부에 에디를 찾지 않았

던 건, 좋은 기억만 간직하고 싶어서였다.

이전 생에 친분이 있었던 사람들이 날 배신하고, 모욕하는 모습을 너무 많이 목도했다.

나도 사람인지라 그런 모습을 보고 나면 그 사람에 대한 정이 떨어진다.

물론 아직 에디에게서는 그런 모습을 본 적이 없다.

보고 싶지도 않고.

그래서 굳이 에디를 찾지 않은 것이었다.

하지만 이렇게 인연이 닿아 버렸으니 어쩔 수 없지.

생각해 보면 묘하다.

에디가 웨이프롬플라워의 데뷔곡을 만든 사람이라니.

"근데 어쩌다가 케이팝 걸그룹의 곡을 쓰게 된 거야?"

"대화부터 하는 거야?"

"그건 아니지. 기다리고 있어."

거실에 에디를 놔두고 방으로 들어갔다.

내가 지금부터 할 작업은 드롭 아웃에게 준 〈Selfish〉와 NOP에게 준 〈I'm not your man〉의 믹싱 작업이었다.

사실 녹음 파일이 날아온 건 서울 타운 펑크를 준비하는 중이었는데, 도저히 짬이 안 났다.

게다가 숙소에는 적절한 장비도 없고.

설령 있더라도 거치 카메라 앞에서 하면 안 되겠지.

내가 작곡가로 활동하는 건, 정말 어지간하면 알리고 싶지 않다.

이번 생은 정말로 티피컬한 아이돌 그룹으로 활동할 거다.

1군 아이돌의 타이틀곡을 작곡하는 신인 아이돌이 평범하진 않잖아?

그런 생각을 하며 우선 NOP의 파일부터 확인했다.

흠. 나쁘진 않네.

NOP는 내가 잡아 준 가이드에서 보컬 라인을 좀 수정했는데, 음색과 잘 어울린다.

절대적인 기준으로 하자면 내가 만든 버전이 더 좋지만, NOP 버전으로 한정하자면 이게 더 좋은 것 같기도 하다.

역시 케이팝 산업의 종사자들은 수준이 낮지 않다.

찾아보면 수준 미달인 이들도 있겠지만, 그건 빌보드 산업도 마찬가지니까.

그러니까 3~4년 뒤에 LMC나 프라임 타임 같은 월드 스타가 탄생하는 거다.

아무리 가수가 성공하는 데 마케팅이나 프로모션이 중요하다지만, 본질인 음악이 별로면 성공할 수 없으니까.

그렇게 난 NOP의 〈I'm not your man〉의 믹싱 작업에 몰두했다.

마스터링도 약속했지만, 그건 아티스트 쪽에서 믹싱에 대한 오케이가 나야지 할 수 있는 거고.

작업 속도는 빨랐다.

다른 믹싱 엔지니어가 봤다면 기겁할 정도로.

생각해 보니, 기겁이 아니라 의심을 하겠군.

제대로 하고 있는 게 맞냐며.

근데 뭐, 이 짓을 백 년 넘게 하고 있는데 이 정도는 해야 하지 않겠는가?

그렇게 순식간에 NOP의 작업을 끝내고, 이번엔 드롭 아웃으로 넘어갔다.

"오……."

드롭 아웃의 작업물은 NOP보다 더 좋았다.

드롭 아웃은 내가 잡아 준 보컬 라인을 전혀 건드리지 않고 한국어 가사만 붙였는데, 이게 참 제대로다.

귀에 들리는 느낌이 좋은데, 심지어 가사도 좋다.

하지만 그것 이상으로 마음에 드는 건, 드롭 아웃이 보여 준 날티였다.

셀피시라는 곡 자체가 평생 사랑에 있어서 이기적으로 살아온 남자가 처음으로 절실한 사랑에 빠지는 순간을 묘사한 곡이다.

그러다보니 기본적으로 '내가 대체 왜 이러는 거지?'라는 혼란함과 자기 부정이 날티와 함께 묻어나야 한다.

드롭 아웃의 표현은 완벽했다.

괜히 1군 아이돌이 아니네.

내가 2017년 아이돌 산업의 평균 수준에 대해 비판적인 시각을 가지고 있긴 하다.

솔직히 음원 차트를 모니터링하다가 들은 몇몇 곡들은 소름 돋을 만큼 구렸으니까.

하지만 역시 상위권은 다르다.

하긴, 한 국가에서 가장 잘나가는 가수인데 본질인 음악 실력이 부족할 리가.

그렇게 꽤 흡족한 기분으로 믹싱을 진행하는데, 문득 한 가지 의문이 들었다.

'이걸 우리가 부르면 어떻게 되려나?'

세달백일 멤버들 중에 이런 느낌을 표현할 수 있는 이들이 있으려나?

구태환이 그렇게 생겼다는데 잘 모르겠고, 생김새가 중요한 건 아니기도 하다.

음악의 표현과 외모가 일치하는 건 아니니까.

"흠."

잠깐 생각해 봤는데 의외로 이이온이 연습을 하면 잘할 수 있을 것 같기도 하다.

그럼에도 불구하고 음색이 까끌거려서 통일감을 주긴…….

어?

그 순간 머릿속을 스쳐 지나가는 아이디어가 있었다.

이번에 시간 여행자로 무대를 꾸미면서 컨셉이 꼭 재미 요소로 끝날 필요는 없다는 생각이 들었다.

당장 이번 곡만 해도 시간 여행 컨셉이 없었다면 전통 악기를 활용할 생각을 못했을 거니까.

그러니까, 음색이 까끌거린다는 이이온에게 단점을 장점으로 바꿔 버릴 만한…….

이어지던 생각이 끊겼다.

쾅!

방문이 거칠게 열리며 상기된 얼굴의 에디가 뛰어 들어온 탓이었다.

"이, 이걸 진짜 네가 다 찍은 거라고? 맞아?"

"그럼 누가 찍어?"

"맙소사……. 그럼 세션은? 세션은 누가 연주했는데?"

"내가 했지."

"여기 있는 모든 멜로디와 리프들을 직접 연주했다고?"

전부 LB 스튜디오에서 만든 것들이라서 고개를 끄덕여 줬다.

"아, 참. 드럼은 가상 악기야. 드럼은 못 쳐서."

"새, 샘플링 비중은?"

"없어."

"……말도 안 되는 소리 하지 마."

"안 믿어도 되는데."

"맙소사! 어쩐지 들어 본 라인이 하나도 없더라!"

에디의 놀람을 이해한다.

이현석과 조기정도 내 음악을 듣고 놀랐지만, 에디가 느끼는 감정에 비할 바는 아닐 거다.

에디는 빌보드 1위를 달성한 작곡가고, 일류 작곡가다.

지금은 슬럼프에 헤매고 있을 시기긴 하지만, 실력 자체는 의심할 여지가 없다.

슬럼프를 극복하고 돌아오면 초일류가 될 사람이기도 하고.

그래서 그는 내가 찍어 놓은 음악들이 어떤 수준인지를 명확히 파악한 것이었다.

"어떻게 이럴 수가 있지? 신은 공평한 게 아니었나?"

"공평할걸?"

"아냐, 아냐. 이건 불공평해. 네 나이가 칠십쯤 되면 모르겠지만, 넌 이제 고작 스무 살이잖아?"

대답할 성질의 대답이 아니라 어깨만 으쓱했다.

그 뒤로도 횡설수설하던 에디가 정신을 차린 건 약간의 시간이 흐른 뒤였다.

"미안해. 너무 놀라서……. 네 재능을 부정하려던 건 아닌데."

"이해해."

나라도 회귀자가 아닌 누군가 이런 음악들을 무더기로 들고 오면 소리를 지를 거다.

그때 에디가 간절한 눈빛으로 무장하며 입을 열었다.

"시온, 나랑 같이 빌보드로 가자. 리얼리티 쇼 따위에 시간을 낭비하지 마. 네 재능은 의심할 여지가 없어."

"안 돼."

"왜?"

"한국에서 가수가 될 거라서."

"케이팝 보이 그룹이 네 꿈이야?"

"어."

"그럼 작곡은? 작곡 활동은 빌보드를 노릴 수 있잖아!"

할 수 있긴 하지만, 무의미하다.

난 적절한 순간이 찾아오면 회귀할 거다.

이번 생은 큰 그림을 그린 채 먼 곳을 바라보는 회차가 아니다.

게다가 빌보드는 나한테 너무 익숙한 곳이라 굳이 에디의 도움을 받아서 정보를 획득할 필요가 없다.

아이돌 그룹으로 데뷔한 이후 빌보드 시장을 노릴 때면 몰라도.

"미안하지만 별 관심 없어."

"어떻게 이럴 수가 있어?"

"뭘?"

"어떻게 그렇게 무관심할 수 있냐고!"

"무관심한 게 아니라, 한국에서 성공하고 싶은 거야."

"그럼 들려주지 말던가!"

왜 이래?

어째 에디의 얼굴에 이현석 대표가 겹쳐 보이는 것 같다.

지금은 완전히 포기했지만, 호시탐탐 내 진로를 바꾸려고 노력했으니까.

"좋아. 그럼 내 음악을 편곡해 줘."

"네 음악을?"

"어. 난 네가 내 음악에서 뭘 살리고, 뭘 바꾸는지 들어야겠어."

"내가 좀 바쁜데."

"……"

"그, 세 달만 기다려 주면 한번 해 볼 수 있을지도……?"

원래는 이것도 안 하려고 했는데, 에디의 얼굴이 워낙 무서워서 타협한 거다.

한 곡 정도야 금방 하니까.

내 대답을 들은 에디의 얼굴이 절망으로 물들었지만, 어쩔 수 없는 일이다.

한데, 갑자기 표정을 회복한 에디가 의미심장한 미소를 짓기 시작했다.

"좋아. 그렇다면 방법이 있지."

"방법?"

"두고 봐."

내가 안 한다는데 무슨 방법이 있겠어?

하지만.

놀랍게도 에디는 정말 엄청난 방법을 생각해 냈다.

난 그걸 며칠 뒤에 알 수 있었고.

"이번 미션의 특별 심사위원인 크리스 에드워드입니다."

어…….

"큰 박수로 맞이해 주세요."

음…….

"3차 미션은 크리스 에드워드의 명곡을 편곡하는 미션입니다."

미친놈…….

에디는 커밍업 넥스트에 출연하는 대가로 3차 미션을 바꿔 버렸다.

Album 6. 무게 중심

 커밍업 넥스트에 빌보드 1위 작곡가가 출연한다는 소식이 대서특필되기 7일 전.
 아이돌 커뮤니티에 뜨거운 불판이 펼쳐지기 시작했다.
 첫 시작은 커밍업 넥스트 2차 미션의 방청을 다녀온 이들의 손끝이었다.

 [쌩컨 방청 다녀온 사람들 거수.]
 -현장에서 박수 치다가 부상 입어서 거수 불가능인데?? 개지렸음.
 -키보드는 어케 침?
 -울집 고양이가 치는 중.
 -ㅋㅋ세달백일 데뷔하면 1군 확정임ㅋㅋㅋ

-VCR 그대로면 한시온은 신이고, 돌판 역사상 최고의 천재다. 반박시 니말틀림.

-ㅋㅋㅋ테이크씬 날고 기었지만, 그냥 날고기였죠? 낼-름.

-라임 보소ㅋㅋㅋㅋ

-처음에 컨 보고 존나 병신 같은 포맷이라고 생각했는데 반성 중이면 개추.

-진지하게 이 느낌이면 세달백일이 데뷔해야 하지 않냐?

-테이크씬 연생만 4년 정도 했을걸?

-어이 거기 자네. 최대호가 상도덕이 있을 거라고 보는 겐가?

-하긴 타이거랑 라이언도 헷갈리는데ㅋㅋㅋㅋㅋㅋㅋ

물론 이런 반응을 보이는 게 정말 세달백일을 애타게 응원하는 이들은 아니었다.

전체적인 반응이, 타 그룹 팬들에게 공격을 받기 쉬운 워딩과 올려치기로 가득 차 있었으니까.

하지만 그렇다고 이들이 세달백일을 물 먹이기 위해서 일부러 댓글을 쓴 건 또 아니었다.

세달백일은 정말 잘했고, 그들은 정말로 감탄했다.

다만 장기적인 관점에서 세달백일의 이미지에 관심이

없고, 그저 무대를 먼저 봤다는 우월감이 앞섰을 뿐이었다.

여기에 방청 코스프레를 하는 이들과 외부 커뮤니티 유입, 관종 잡덕, 휴덕, 탈덕들이 장작을 집어넣는 중이었고.

상황이 이렇다 보니, 커뮤니티에는 피로감을 호소하는 이들도 생겨났다.

−ㅈㄴ 관심 없는 이야기로 하루 종일 떠드네.
−쌩쇼 돈 많네. 알바가 얼마나 많은 거임?
−컨이고 나발이고 관심 없으니까 그만 좀 도배했으면 좋겠어;

또한 특정 그룹의 프로듀서 멤버를 좋아하는 이들이 한시온에게 내려치기를 시전하기도 했다.

천재 프로듀서라는 워딩이 거슬렸으니까.

−ㅋㅋㅋ이현석이 다 해 준 거 개 티 나는데 그걸 믿네.
−ㅋㅋ다른 작곡멤들한테는 탑 라인만 흥얼거렸을 거라고 ㅈㄹ하면서 한시온이 편곡했다는 건 철석같이 믿네ㅋㅋㅋ
−능지 문제지ㅋㅋㅋ

하지만 의외로 그 어떤 여론도 커뮤니티의 대세로 자리 잡진 못했다.

어차피 곧 2화가 방송되니, 일단 지켜보자는 관망세가 강했던 것이었다.

이런 상황 속에서 금요일 저녁.

[컨 시작! 불판 깜!]

커밍업 넥스트 2화가 방송을 탔다.
그리고 2화에 대한 반응은.

-???????????
-진짜 미친놈 아님??
-진짜 난놈이네. 개쌍마이웨이.
-찢시온 데뷔해.
-저딴 새끼가 데뷔하라고??
-뭐 어떰. 존나 잘하는데ㅋㅋㅋ

아이돌 지망생들의 서바이벌이라는 마이너한 판을 넘어서, 전 국민적으로 확대되기 시작했다.

좋은 의미도 있고, 나쁜 의미도 있었지만 총평하자면······.

-그래서 누구 말이 맞는데?

-(사진) 오늘자 웨이프롬플라워 공식 SNS. 기분 나쁜 티 팍팍 내는 거 같지?ㅋㅋ

-니 눈에만 그렇게 보이는 거 아님?ㅋㅋ 후배가 개쩔게 편곡해 줬는데 왜 싫어함?

-아니 그래서 누구 말이 맞냐고!

-근데 시발 솔직히 노래 존나 좋다. 한시온이 누군지는 모르겠는데 웨이프롬플라워보다는 잘하는 듯.

-하, 개빡치네. 진짜.

개판이었다.

* * *

커밍업 넥스트 2화의 첫 장면의 주인공은 한시온이었다.

1화에서 방송된 사전 미션 무대를 인서트 컷으로 상기시키더니, 곧장 블루와 한시온의 멘토링으로 포문을 연 것이었다.

[시온아. 이건 아이돌 오디션이지? 그러니까 춤을 보여줘야 해.]

[아이돌 선배님들의 곡을 커버하라는 말씀이시죠?]

[정답. 네가 가장 좋아하는 곡을 편곡 없이 그대로 보여 줘.]

-아이돌 선배님들이라고 하네ㅋ
-??? 그게 왜?
-딱 봐도 본인은 아이돌이 아니라고 선 긋고 호칭하는 거잖아.
-ㅁㅊㅋㅋㅋㅋ 이 정도면 정신병인데? 한시온 노래 듣다가 턱이라도 빠짐?
-간호사 중에 같은 병원 선배님을 간호사 선배님이라고 호칭하는 사람은 없음. 그냥 선배님이라고 하지.
-개소리도 수준급이네.
-걍 병먹금 하고. 한시온이 뭐 부를 거 같음?
-짐작도 안 간다. 일단 가창력 좀 필요한 거 부를 거 같긴 한데. 춤을 보여 주라고 해서······.
-블루가 생각보다 멘토를 잘하네? 걍 예능인이라고 생각했는데.
-1세대 탑 아이돌 블루가 ㅈ으로 보이냐.

한시온의 선곡에 대해서 예상하던 시청자들은 이어지는 내용에 고개를 갸웃했다.

[너는 참가자들 중에 누가 제일 잘하는 거 같아?]
[구태환이요. 리듬감이 장난이 아니던데.]

-???
-구태환이면 그 양아치상 아님?
-ㅇㅇ 개 사전 미션 꼴등인데.
-ㅋㅋ한시온 똑똑하네. 일부러 꼴등 거론해서 배려하는 이미지 좀 챙기고.
-야, 저게 똑똑한 거냐? 멍청한 거지. 이 정도면 능욕하는 거로 보임;;
-위선 쩌네.
-뭐 어때. 사회 배려자 전형인가 보지.
-ㅋㅋㅋ상속자들이냐.
-나, 너 노래 좋아하냐?
-ㅁㅊㅋㅋㅋㅋ

실제 한시온은 '현 시점에는 온새미로, 미래를 보면 구태환'이라는 대답을 했었지만, 방송은 편집이 되어서 나갔다.

잠깐의 소동은 있었지만, 다른 참가자들의 멘토링으로 장면이 전환되며 화제는 금방 바뀌었다.

다시 이 화제가 수면 위로 떠오른 것은 블루-한시온-

구태환의 식사 장면이었다.

[남자 셋이 여긴 너무 좁다. 우리 휴게실 가서 먹을까?]

식사를 하며 진행된 잠깐의 스몰 토크 뒤로, 블루가 입을 열었다.

[태환이는 아직 선곡 못했다고 했지?]
[네. 고민 중에 있습니다.]
[시온이가 보기엔 어때? 태환이가 뭘 부르면 어울릴 거 같아?]

-상속자들 OST요.
-ㅋㅋㅋㅋㅋㅋㅋㅋㅋ
-3년 전 드라마로 억지 밈ㄴㄴ
-3년 전이라는 걸 정확히 아는 당신. 애청자였군요?

하지만 화면 속 한시온은 생각보다 굉장히 진지했다.

[타고난 리듬감이 좋아서 (편집) 보여 줄 수 있는 노래를 부르면 좋겠습니다. 컨템포러리 알앤비나 트랩하우스

같은.]

[트로피컬 하우스는?]

[트로피컬 하우스도 좋지만, 원쓰리보다 투포 리듬이 더 잘 어울릴 것 같습니다.]

하지만 이야기를 다 들은 구태환의 반응은 건조했다.

[……노력하겠습니다.]

-아니꼬운가 본데ㅋㅋ 표정 봐라.
-히익. 학창시절 PTSD.
-개잘생겼는데 반응이 왜 이럼?
-원래 양끼상이 호불호 심하게 갈림.
-남자애들이 ㅈㄴ 싫어하자너.

그 다음으로는 드디어 사람들이 궁금해하던 한시온의 선곡에 대한 이야기가 나왔다.

실제 촬영에서는 대화 순서가 반대였지만, 늘 있는 일이었다.

[시온이는 선곡 고민 좀 했어?]
[말씀해 주신 거 참고해서 끝냈습니다.]

[벌써? 뭔데?]

한시온의 목소리가 삐- 처리되고, 블루가 눈을 치켜뜬다.

[삐-를 부른다고?]
[네. 재밌을 것 같아요.]
[솔직히 추천하지 않는데, 삐-를 부르는 건. (편집) 편곡 없이 부를 거야?]
[네.]

이어서 블루의 인터뷰 컷이 들어갔다.
블루는 한시온의 선곡을 듣고 당황했으며, 어떤 느낌일지 짐작도 안 간다는 이야기를 했다.
그렇게 시청자들이 답답함을 느낄 때쯤, 블루가 힌트를 던졌다.

[그래도 현 시점에서 가장 핫한 아이돌 그룹의 노래니까…….]

-NOP네.
-NOP다.
-개소리ㄴㄴ 드롭 아웃이지.

-퇴물 아웃 활동 안 한 지 2년 넘지 않음?

-ㅋㅋㅋㅋㅋㅋ어이가 없네.

-지금 TENX10N이 젤 잘나가지 않음?

-텐션? 걔네 팬들 발작 났던데ㅋㅋㅋㅋ 가로등 아래서 때문에 차트 줄 세우기 망했다고.

-그거 ㅈㄴ 웃음벨임. 9개 줄 세웠는데 가로등 아래서가 3일 만에 7위, 4위, 1위로 관통했음ㅋㅋㅋ

-ㅋㅋㅋㅋㅋ7-4-1 포메이션.

-착한 축잘알 ㅇㅈㅋㅋㅋㅋ

-어디 텐션을 들이밈?ㅋㅋ 열 명 떼거지로 나와서 덤핑 치는 거지.

-어이가 없네ㅋ 현 시점에서 가장 핫하면 텐션이 맞지.

-텐션맘 입갤ㅎㅇ

-누가 사고 쳐서 탈퇴하면 나인션임?

-걍 절반 내보내고 오션 하자. 좋잖아. 바다.

-(정보) 실제로 텐션의 5인 유닛 활동명은 오션으로 정해져 있다.

-이왜진ㅋㅋㅋㅋㅋㅋㅋㅋㅋㅋ

시청자들은 시청 댓글을 달면서도 이제 한시온의 선곡이 공개될 때라고 생각했다.

하지만 아니었다.

악랄한 강석우 피디는 한시온의 무대가 시작되기 전에는 선곡을 알려 줄 생각이 없었다.

―아니 쫌! 알려도!

그렇게 시청자들이 답답함에 몸부림칠 때쯤, 컷이 구태환에게 쏟아지기 시작했다.

―얘 뭐냐.
―진짜 노력하는데?

보컬 트레이너에게 한시온의 의견을 기반으로 조언을 구하고, 열심히 서칭하기 시작한 것이었다.
심지어 제작진은 구태환의 서칭 기록이나 메모 같은 것들을 잘라서 보여 주기도 했다.

―양아치처럼 생겼지만 빈말은 하지 않는 남자... 노력할 땐 하는 남자....
―전자레인지에 1분 돌려 온 피자빵만 먹을 것 같은 남자....
―히익 빵 사올게요.

그중 압권은 한시온에게 찾아가는 장면이었다.

[말씀해 주신 느낌으로 선곡을 좀 해 봤습니다.]
[어……. 네. 좋은 것 같아요.]
[혹시 선택지를 좁혀 주실 수 있나요?]
[그러면…… 이거랑 이거. 둘 중 하나가 괜찮지 않을까요?]
[노력하겠습니다.]

그 뒤로도 구태환은 한시온의 연습실 주변을 서성거렸다.

[리듬감이 좋다는 게 정확히 무슨 의미인가요? 박자를 잘 맞춘다는 뜻인가요?]

안무 트레이닝실로 올라온 한시온을 기다리는 장면도 포착되었고.

[리듬 감각이라는 게 타고나는 거거든요? 이게 소리의 길이랑 연관이 있어요.]
[제가 그게 좋다는 거죠?]
[좋다기보다는 매력적이라는 거죠. 그러니까 마디의 박자만 지키고 전개는 마음대로 불러 보세요. 아마 좋을

걸요?]

그 끝은 항상 똑같았다.

[노력하겠습니다.]

-아니 뭔 NPC 퀘스트냐구ㅋㅋ
-5번의 노력을 다짐했습니닼ㅋㅋ
-NPC가 당신의 열의를 높게 삽니다!
-히든 보상 : 선곡!

그때 화면 속 환시온이 모 네티즌의 댓글과 똑같은 반응을 보였다.

[노래 한번 불러 보실래요?]

-ㅋㅋㅋㅋㅋㅋㅋㅋㅋㅋㅋㅋㅋㅋㅋㅋㅋㅋㅋㅋ
-퀘스트 대성공.
-야 근데 구태환 세달백일 멤버잖아ㅋㅋㅋㅋ 진짜 한시온이 도와줘서 붙나?
-일진이랑 선도부 케미 뭔데.
-한시온은 선도부라기보다는 아무도 정확히 모르고,

소문만 무성한 사고를 쳐서 1년 꿇은 복학생 같은데.
-오타쿠쉨ㅋㅋ 망상 디테일한 거 보소.
-아니 근데 테이크씬은 대체 왜 안 나옴?
-닥쳐.
-지금 재밌으니까 눈치 챙겨.

그렇게 열 명의 참가자들이 각각의 방식으로 노력하는 컷이 스쳐 지나갔다.
하지만 제대로 잡힌 한시온의 컷은 도저히 찾아볼 수가 없었다.
제작진이 의도적으로 선곡을 꽁꽁 숨기는 게 티가 날 정도였다.
유일한 컷이라고는.

[왜 첫 번째 순서를 선택했어요?]
[매도 먼저 맞는 게 낫지 않을까 싶어서요.]

인터뷰 장면이었는데, 이게 참가자들에게 퍼져 나가며 여론이 형성되었다.
한시온이 춤을 못 춘다는 여론을.

-아, 노래 아무리 잘해도 뚝딱이는 싫은데.

-ㅇㅈ. 수납도 안 되면 정뚝떨임. 다른 애들 노력까지 빛 바래는 거 같아서.
-근데 저 정도로 노래를 잘하는데 춤을 잘 출 리가.
-NPC 친구 노래 잘함? 내가 1화를 안 봐서.
-가로등 아래서 안 들어봄? 지금 차트 1위인데.
-들어 봄.
-그게 쟤 노래임.
-ㄹㅇ? 진짜로??

마찬가지의 시청자 여론 속에서 드디어 B팀 선발전 1차 미션의 무대 위로 한시온이 올랐다.

[이거 맞아요? 한시온 참가자가 선곡한 게?]
[진짜? 이걸 왜?]
[어……. 의도를 전혀 모르겠는데.]

심사위원들의 부정적인 반응 속에서 씩 웃는 한시온의 얼굴이 클로즈업 되었다.
드디어 선곡이 나오나 싶은 순간.

[같은 시각. 테이크씬은…….]

장면이 전환되었다.

-야이 강석우 개새끼야!!!

반응은 화끈했다.

* * *

커밍업 넥스트 1화는 테이크씬과 B팀 지원자들의 분량이 공평했다.
하지만 2화는 아니었다.
B팀에게 할애된 분량이 더 많았고, B팀의 이야기가 메인 트랙이었다.
그래서 일부 시청자들 중에는 테이크씬 이야기가 나오면 짜증을 내는 사람도 있었다.

-아니, 재미도 없는데 왜 이렇게 나옴?
-테이크씬 말고 B팀 선발전 이야기나 보여 주면 안 되나?
-ㅈ노잼.

사실 강석우 피디가 처음 2화의 편집을 끝냈을 때의 분량 차이는 55 : 45 정도였다.

B팀 분량이 더 많긴 했지만, 엄청난 차이는 아니었다는 뜻.

하지만 지금은 65 : 35, 혹은 그 이상으로 벌어졌다.

이 말은 2화가 재편집됐다는 이야기고, 그 이유는 당연히 〈가로등 아래서〉 때문이었다.

재미있게도 최대호 대표는 이런 편집 방향에 대해서 적극 찬성했다.

'한시온이 주인공이 됐다.'

아직 방송이 나가지 않은 3화도 4화도 한시온이 메인이다.

그렇다면 테이크씬은 뭐가 되어야겠는가.

동정과 응원을 유발하는 언더독이 되어야 한다.

그렇기 때문에 2화에 테이크씬의 분량이 줄어든 것을 환영한 것이었다.

아니나 다를까.

-아니 테이크씬이 뭘 그렇게 잘못했다고 나오기만 하면 이렇게 욕이 박히냐.

-그니까 ㅈㄴ 열심히 하는데.

-최대호 저 븅신이 4년이나 연생으로 굴려 먹고 이딴 프로그램을 만든 게 잘못 아니냐?

-맞아. 그리고 테이크씬 애들은 불평 한마디 없이 열심히하잖아. 누가 숙소를 탈주했냐? 아니면 연습을 대충했냐?
 -어쩌라고요ㅋㅋ 노잼인데ㅋㅋ
 -와 진짜 PTSD 오네. 왜 이렇게 아이돌들한테만 잣대가 가혹한데?

 여론이 슬슬 잡히고 있었다.
 물론 커밍업 넥스트는 애초에 초반 단계에서 B팀에 포커스를 맞춘다는 계획이 있긴 했다.
 하지만 지금은 B팀을 보여 주는 게 아니라, 한시온을 보여 주고 있다.
 구태환의 컷이 많은 이유도 구태환 자체의 매력 때문이라기보다는, 구태환의 합격 서사에 한시온이 깊이 개입해 있기 때문이었다.
 '한시온을 제대로 주인공으로 만든다. 대신 세달백일의 다른 멤버들은 묻어 버린다.'
 이게 최대호 대표의 계획이었다.
 다만 이 계획을 세우고 2화 편집 방향성에 개입할 때만 해도 〈서울 타운 펑크〉 같은 무대가 나올 거라고는 예상하지 못했다.
 "진짜 아깝단 말이지."

테이크씬이 조금만 덜 준비됐다면, 혹은 멤버들이 지금보다 좀 아쉬웠다면…….

한시온의 데뷔를 추진했을 수도 있다.

하지만 라이언 엔터는 이미 테이크씬의 데뷔 플랜을 전부 짜 놓았다.

데뷔곡은 물론이고, 커밍업 넥스트 이후 뮤직비디오 촬영 일정도 잡혀 있고, 방송국 쪽과 음방 협의도 끝났다.

심지어 라이언과 유구한 협력 관계인 대형 행사 대행사 측에서 축제 일정을 잡아 놓은 것도 있었다.

이제 와서 엎어 버리기에는 판이 너무 커졌다는 것이었다.

그러니 최대호의 목표는 세달백일이 테이크씬의 후속 그룹이 되는 것이었다.

멤버 몇 명은 바뀔 수도 있겠지만 이이온과 한시온은 무조건 붙잡아야 한다.

그리고 최대호는 누구보다 그런 걸 잘하는 사람이었다.

최대호가 그런 생각을 하는 사이, 커밍업 넥스트의 화면이 다시 전환되었다.

테이크씬의 시퀀스가 끝나고, 다시 B팀 선발전으로 돌아간 것이다.

* * *

 커밍업 넥스트 제작진은 지독했다.
 다시 B팀 선발전으로 시퀀스가 돌아갔음에도 곧장 한시온의 선곡을 보여 주진 않았다.
 무대 준비를 보여 준 것이었다.
 다만, 여기서도 질질 끌면 진짜 채널이 돌아갈 수 있기에, 지루하지 않게 빠른 컷의 연속으로 실마리들을 던졌다.

 [모션 베이스가 락킹이네? 왁킹이나 보깅은 못 춰?]
 [죄송합니다.]
 [하긴 뭐, 그럴 시간도 없구나.]
 [노력하겠습니다.]
 [뭘 자꾸 노력한대.]

 -ㅋㅋㅋㅋ구태환한테 물들었네.
 -일진한테 물든 선도부랄까?
 -아니 근데 무슨 일진 유행어가 노력하겠습니다냐고ㅋㅋㅋ
 -아니 근데 트레이너가 왜 왁킹이나 보깅 이야기를 하지? 혹시 걸 그룹 노래인가?

-ㅋㅋㅋ무슨.
-아는 척 ㄴㄴ요. 요즘은 보이 그룹에도 곡선과 스텝을 강조한 춤들 있음.
-근데 1군 보이 그룹 노래에는 그런 거 없는데? 아까 분명 1군 노래라지 않았나?

그 뒤로 한시온이 연습하는 컷이 빠르게 스쳐 지나가더니, 사운드 엔지니어와 이야기하는 장면이 나왔다.

[편곡 필요해? 그럼 너무 늦게 왔는데?]
[아뇨. 편곡은 괜찮습니다. 다만 음계를 좀 낮추고 싶습니다.]
[음. 어떻게?]
[제가 표시를 좀 해 왔는데.]

-오. 나 이런 거 좋아함. 음역대 높으면 잘 부르는 줄 알고 꽥꽥거리는 거 꼴불견임.
-ㅇㅈ 본인이 매력적인 음역대 정확히 아는 것도 실력임.
-아니, 좀 이상한데? 한시온 음역대 ㅈㄴ 높은데. 가로등 아래서 3옥 미임. 심지어 그것도 여유로웠고.
-춤 취야 하니까 그런 거 아님? 호흡 달리잖아.

-아, 그런가?

-아까 누가 헛소리처럼 내뱉었는데 진짜 걸 그룹 노래 아님?

-말도 안 되는 소리ㅋㅋ

마치 추리 영화에서 단서를 찾아내는 것처럼 툭툭 던져지는 컷들이 이어졌다.

하지만 시청자들의 인내심은 그리 길지 않았고.

-ㅅㅂ 1분 안에 안 나오면 댓글로 본다.

누군가 그런 댓글을 달았을 때쯤.
화면에 갑자기 한시온의 선곡이 떠올랐다.

Artist : Way From Flower
Title : Flowers Bloom

-???????????????????
-웨이프롬플라워??
-뭔 노래임. 모르는 노래인데?
-데뷔곡임. ㅈ망해서 ㅈㄴ 빨리 후속곡으로 활동 전환한 게 신의 한수인.

-야 이 ㅅㅂ 내가 걸그룹 노래 같다고 했잖아!!!
-한시온이 꽃덕이었나?
-킹능성 있다.
-머글들 귀에는 그저 그렇게 들리는 데뷔곡도 천상의 하모니인 거지.

한시온의 선곡은 순식간에 SNS 타임라인에 공유되었고, 웨이프롬플라워의 팬들 귀에도 들어갔다.
웨이프롬플라워는 1군 걸그룹이었으니, 서바이벌 참가자의 커버 정도는 흔한 일이었다.
하지만 그 참가자가 현재 음원 차트 1위인 〈가로등 아래서〉의 주인공이라면 이야기가 좀 달라진다.
게다가 보이 그룹 지망생이다.
흥미가 갈 수밖에 없었다.

[퍼포먼스 측면에서 너무 기대가 안 되는걸요?]
[플라워스 블룸은 개화라는 뜻에서 볼 수 있듯, 꽃이 피어나는 형태의 포인트 안무가 많습니다.]
[혼자서 표현하기 힘든 안무입니다. 꽃잎 하나가 흔들린다고 꽃이 피어나는 게 아니니까요.]

자료 화면으로 짤막하게 웨이프롬플라워의 자료 화면

이 삽입되었다.

최대호의 말이 정확했다.

잠깐 삽입된 B팀 지원자들의 인터뷰도 부정적이었다.

하지만 한시온은 아랑곳하지 않았다.

그저, 한 걸음 뒤로 물러나 씩 웃을 뿐이었다.

이윽고 경연곡의 MR이 흘러나왔다.

한데, 한시온은 인트로에서 어떤 동작도 취하지 않았다.

박자에 맞춰 고개를 까딱거리며 사선으로 비스듬히 서 있을 뿐이었다.

-???? 창작 안무??
-ㄹㅇ 뚝딱이임???

하지만 그 순간, 한시온이 움직임을 가져가며 노래를 부르기 시작했다.

[길었던 밤에 마침표를 찍어]
[마침내 세상에 인사를 Hi]
[Dudu- Deh, Deh]

사람들은 한시온의 춤에 살짝 놀랐다.

독무가 이 정도면 훌륭하니까.

하지만 그보다 놀랐던 건.

[꿈도 안 꿨던 Yesterday]
[기대한 오늘 Yes For Day]
[두 팔을 뻗어]
[Dudu- Deh, Deh]

노래가 낮다.
하지만 좋다.
처음에는 익히 알고 있는 원곡과 다른 저음이 꽂히니까 어색했는데…….
매력적이다.
원곡과 비교가 안 될 정도로.
마치, 이게 원곡인 것처럼.

-꽃덕 퇴갤. 인디충 입갤.
-ㅋㅋ캬 힙시온 어서 오고.
-야, 이거 완전 브릿팝인데? 존나 좋다ㅋㅋㅋㅋㅋㅋ
-엄밀히 따지면 브릿팝은 아닌데 뭔 말인진 알겠다ㅇㅈㅇㅈ
-아니 웨프플한테 이런 노래가 있었어?? 개꽂히는데???

우울한 느낌으로 진행되던 노래가 점점 극단에 치닫는다.

과연 하이라이트인 후렴은 어떻게 부를까 모두가 궁금해하는 순간.

[피어나-!]
[Bloom---!]

후렴은 원곡이었다.
낮췄던 음계가 원래대로 돌아오며 확 튀어오른다.
여자 키를 진성으로 시원하게 올리는 한시온의 고음이 주는 청각적 쾌감.
하지만 이게 끝이 아니었다.
더욱 충격적인 세컨드 훅이 사람들이 기다리고 있었다.

[Always wait, Blossom]
[Always wait, flower]

얼음물을 끼얹은 것 같은 저음.
무려 2옥타브를 내려 버렸지만, 쩌렁쩌렁한 성량이 화면을 가득 채운다.

동시에 놀란 심사위원들과 참가자들의 얼굴이 화면 가득 클로즈업되었다.

─미쳤네ㄷㄷㄷ
─지금부터 돌판 보컬 1대장은 힙시온이다. 반박 안 받음.
─캬. 조기정한테 돈맛 보여 주던 한시온의 은총이 웨프플한테 갔누.
─개소리하네. 웨프플이 얼마나 잘나가는데.
─아앗, 미안. 망한 데뷔곡이었다는 걸 깜빡했다. 발작 버튼 ㅈㅅ
─병먹금함.
─병먹금? 병아리시절 먹이에 금칠해 준 고맙고 감사한 한시온이란 뜻인가요?
─ㅋㅋㅋㅋㅋㅋㅋㅋㅋㅋ찢었다.

처음엔 흥미롭게 무대를 감상하던 웨이프롬플라워의 팬들의 표정이 싸늘하게 식을 때쯤, 무대가 끝이 났다.
첫 심사평은 블루였다.

[안무의 방향성을 반대로 가져갔네요?]

이어서 나온 자료 화면이 한시온과 웨이프롬플라워의 동작을 비교했다.

반대로 이루어진 핵심 동작.

밀어서 펼치는 손동작은 핀 채로 쥐고 당기고, 안에서 밖으로 뻗는 스텝들은 밖에서 안으로 닫는다.

[낙화를 표현한 거죠? 왜죠?]

[이 곡을 처음 들었을 때, 가사에서 중의적인 느낌을 받았습니다. 개화의 입장에서도 어울리지만, 낙화의 입장에서도 어울린다고.]

화면 속 한시온이 본인이 느낀 가사에 대한 이야기를 전달하자, 시청자 반응이 날뛰기 시작했다.

-와, 씨. 낙화. 지렸다.
-그러네. 가사를 그렇게 보니까 딱 맞네.
-길었던 밤에 마침표를 찍어. 마침내 세상에 인사를…?
-와 이게 지는 꽃이 하는 말이라고 생각하니까 슬프다. 생의 마지막 밤이면 길었을 거니까.

이제 웨이프롬플라워의 팬덤인 '화분'은 혼란스러워졌다. 이야기를 들어 보니까 한시온이 정말 이 노래를 깊이 있게 파고들었고, 많은 고민을 했다는 게 마음에 든다.

심지어 팬덤도 잘 듣지 않는 데뷔곡이니까.

근데 그걸 마음대로 바꿔서 부른 게 마음에 안 든다.

실제로 팬덤이 상주하는 실시간 게시판 여론도 요동을 치고 있었다.

리스펙이다 VS 조롱이다로.

[편곡은 없었습니다. 음계만 건드렸습니다.]

[확실히 편곡이라는 표현을 쓰기에는 애매하죠. 옥타브의 스케일 바꾸고 편곡료를 달라고 하면 욕먹을 거니까요.]

그사이 화면 속 이창준 작곡가와 한시온의 대담이 이어지고.

마침내 '그 멘트'가 나왔다.

지금부터 일주일간 유튜브와 온갖 게시판을 장식할.

[플라워스 블룸은 초창기 작곡 단계에서는 남성 보컬을 위한 곡이었을 겁니다.]

[그러니까 제가 뭘 바꾼 건 없고, 그저 초창기 버전으로 불렀다고 생각합니다.]

사실 이번 무대에 대한 방송 내용은 좀 더 있었다.

[남자라서 이 버전을 부른 겁니다. 여자였다면 원곡을 불렀겠죠. 이 노래를 꼭 부르고 싶었거든요.]
[좋아하는 노래니까요. 가사가 와닿습니다.]

하지만 아무 의미 없었다.
입에서 입으로 퍼지는 이슈에는 자극적인 부분만 전달되기 마련이니까.

[1군 걸그룹 데뷔곡을 무시하는 서바이벌 참가자ㄷㄷ]

이게 유튜브에 가장 빠르게 올라간 영상의 제목이었다.
개판의 시작이었다.

* * *

한시온과 웨이프롬플라워에 대한 이슈가 너무 충격적이라서 그렇지, 커밍업 넥스트 2화의 내용은 꽤 알찼다.
홍대에서 진행된 테이크씬의 버스킹 내용이 재밌었으며, 구태환의 무대도 흥미로웠다.

구태환은 미국의 R&B 슈퍼스타인 LAZY BOY의 〈Slow Down〉이란 노래를 불렀다.

-그 스승에 그 제자ㅋㅋㅋ
-그 NPC에 그 유저 아니냐ㅋㅋ
-선곡에서 한시온 냄새 나네.

시청자들은 처음엔 선곡에 대해 긍정적인 반응을 보이지 않았지만, 막상 무대가 시작되니 달랐다.
곡 속도를 1.8배나 올려 버린 구태환의 무대는 훌륭했다.

[처음엔 배속 버전이 어색했는데, 어느 순간 정신없이 빠져들었습니다.]
[전체적인 음의 처리가 아쉽다는 점을 빼면, 매력이 충분했습니다.]

긍정적인 평가와 함께 한시온의 도움에 대한 이야기도 충분히 조명되었다.
애초에 곡의 배속을 올리라는 조언을 한 게 한시온이었으니까.

-와, 인정. 한시온 안목 좀 있다.
-이 모습을 미리 보고 구태환이 제일 잘하는 참가자라고 한 건가?
-이 정도면 심사위원보다 나은 거 아님?
-아니 구태환 도입부 느낌 뒤지는데? 뭐임??

사실 이때쯤 빈정이 상한 웨이프롬플라워의 일부 팬들은 한시온의 꼬투리를 잡으려고 커밍업 넥스트를 시청하고 있었다.

그렇게 2차 미션이 시작되었다.

[이긴 팀.]
한시온, 온새미로, 최재성, 김성우, 심주완.
[진 팀.]
구태환, 이이온, 김해운, 남성일, 박성주.

-ㅋㅋㅋ이긴 팀 팀워크 벌써부터 박살 났네.
-?? 왜?
-한시온이랑 온새미로랑 서로 메보 하려고 멱살 잡고 싸우는 거 안 그려짐?
-ㅇㅈ. 한시온 저거 예술병 걸려서 배려 하나도 안 할 듯.

-딱 봐도 온새미로랑 기싸움 오지겠네. 메보랑 중요 파트 먹겠다고.

웨이프롬플라워의 팬들은 그렇게 여론을 몰아 갔지만.

[혹시 여기서 랩에 좀 자신 있으신 분 있나요?]
[제가 할게요.]

화면 속 한시온은 래퍼를 지원하고 있었다.

-ㅋㅋㅋ메보랑 메랩이랑 다 하겠다는 거 아님?
-그럴지도ㅋㅋ 아무도 메랩 안 하려고 하니까 낼름 먹은 거고.

다시 한번 유도했지만, 전혀 아니었다.

[랩만 할 거예요. 메보는 온새미로 씨가 하면 되니까.]
[왜요? 그쪽이…… 더 잘하잖아요.]
[누가 그래요? 우리가 같은 곡을 불러 본 것도 아닌데.]

심지어 온새미로에게 메보 자리를 양보하는 멘트도 산

뜻했다.

도무지 꼬투리를 잡을 곳이 없었다.

-뭐야 NPC. 착하네?
-일진몬을 포획한 포켓볼은 이제 온새미로한테 향하는 건가.

한시온의 양보에 일반 시청자들의 반응은 꽤 우호적이었다.

심지어 단숨에 공개된 선곡, 보이스카우트에 대한 반응도 나쁘지 않았다.

물론 웨이프롬플라워의 팬들은 포기하지 않았으나.

-ㅋㅋㅋ분명 또 지 마음대로 편곡해서 부를 듯.
-뻔한 거 아님ㅋㅋㅋ?

여기까지가 강석우 피디의 노림수였다.

〈이긴 팀〉의 무대는 3화 분량으로 넘어갔으니까.

즉, 한시온의 꼬투리를 잡으려면 3화도 눈에 불을 켜고 봐야 한다는 것이었다.

그 뒤로 테이크씬의 이야기가 한 번 나오고, 가로등 아래서의 음원 발매는 좀 아니지 않냐는 김성우의 인터뷰가 방송을 탔다.

한시온이 음원 발매를 몇 번이나 거부하는 모습과 함께.

-대놓고 천편ㄷㄷㄷ
-쌩쇼놈들 한시온에게 빨대 꽂으려고 편집 몰아주는 듯.

그러나 일반 시청자들에게는 한시온이 구태환과 온새미로를 도와주던 인상이 남아 있었기에, 여론 몰이는 먹히지 않았다.

3화 예고에는 B팀 선발전과 마지막 한 자리를 두고 경쟁하는 모습이 조명됐으며, 테이크씬과 B팀이 조우하는 모습까지 방송을 탔다.

물론 얼굴이 보이지 않는 절묘한 각도라서 누가 최종 B팀 인원인지는 볼 수 없는 모습이었지만.

그렇게 2화가 끝이 났다.

* * *

앞으로는 방송 시청 리액션을 찍는 게 싫어질 것 같다.
1화 때 했던 그걸 또 해야 했거든.

"삼키면 안 된다. 너네."

그래, 먹뱉이다.

"형, 이걸 전문 용어로는 먹뱉이라고 해요."

"지난번에 말해 줬잖아."

"아, 그랬었나?"

서울 타운 펑크 무대 이후로 잠을 줄여 가며 연습하더니, 좀 맛이 간 것 같다.

이야기를 들어 보니 최재성은 서울 타운 펑크 무대에서 본인이 제일 아쉬웠다고 생각하고 있었다.

그래서 요 며칠 나랑 똑같은 시간에 일어나서 연습을 하고 있다.

내가 음색을 튜닝하는 걸 따라하려고 하길래, 넌 필요 없다고 말해 주기도 했고.

그런 생각을 하고 있는데, 2화가 끝이 났다.

2화 내용은 그럭저럭 마음에 들었다.

구태환을 도와주던 내용이 그렇게 길고 자세히 들어갈 줄 몰랐다는 것만 빼면, 전체적으로 내가 원하는 그림으로 방송이 뽑혔다.

물론 내가 했던 말의 앞뒤를 잘라 내서 자극적으로 편집한 부분도 있긴 했다.

그래서 내가 플라워스 블룸을 별로라고 생각하는 것처럼 보일 여지도 있다.

근데 뭐, 상관없다.

강석우 피디 입장에서는 놓치고 지나가기 아쉬운 이슈몰이였을 거고, 플라워스 블룸의 작곡가도 찾았으니까.

그런 생각을 하고 있는데, 갑자기 강석우 피디가 날 부르더니 카메라 밖으로 향했다.

"마이크 꺼져 있죠?"

"어, 네. 꺼져 있습니다."

"내가 왜 저렇게 편집했는지 알죠? 난 한시온 씨의 상품성에 흠집을 내려는 게 아닙니다."

뭐 이런 걸로 변명을 하고 있지?

우린 이미 서로의 성향에 대해 파악하는 시간을 갖지 않았나?

"물론입니다. 어떤 생각으로 이렇게 편집하셨는지 충분히 이해하고 있습니다."

"며칠만 참아 봐요. 크리스 에드워드가 우리 프로그램에 합류했다는 기사와 함께 플라워스 블룸의 이야기를 쏠 거니까."

"알겠습니다."

"진짜 괜찮죠?"

뭐지? 내가 뭔가를 놓치고 있나?

"솔직히 말해서 뭘 그렇게 걱정하시는지 모르겠습니다."

이어진 강석우 피디의 말은 의외였다.

내가 웨이프롬플라워의 팬들에게 공격당할 것 때문이란다.

무슨 말인지 알고, 처음부터 염두에 두고 있던 일이다.

난 아이돌판의 문화에 대해서 잘 모르지만, 팬들의 심리에 대해서는 추측할 수 있다.

웨이프롬플라워는 줄곧 성공을 이뤄 낸 그룹이지만, 데뷔곡에 있어서는 실패를 거두었다.

그러니 데뷔곡은 팬들에게 있어 유일한 실패의 편린이자, 지우고 싶은 과거다.

나는 그걸 세상 밖으로 끄집어낸 사람이고.

너희들이 좀 더 잘했으면 실패하지 않을 수도 있었다는 뉘앙스와 함께.

그러니 그에 따른 비난은 충분히 수용 가능한 일이었다.

자신의 우상을 향한 팬심이란 그런 것이고, 난 팬이란 존재를 언제나 존중하니까.

물론 내 앨범을 사 주는 팬을 가장 사랑하지만.

"……한시온 씨. 그거 아니에요."

"네?"

"그런 생각을 하는 팬들도 있긴 있겠죠. 근데 중요 포인트는 그게 아니에요."

"그럼요?"

"아, 이걸 뭐라고 설명해야 하나."

"경청하겠습니다."

"건방지잖아요."

"……?"

"감히 우리 그룹을 곡을 멋대로 가져가서 마음대로 바꾼 거니까. 누가 봐도 더 좋은 쪽이라서 더 열받고."

"……?"

"아, 이 표현이 더 정확하겠다. 너 때문에 우리 애들 머리채 잡힐 구실 줬잖아."

"……?"

"이해 안 가요?"

"아니, 이해는 했는데……. 그게 가장 중요하다고요? 원곡이 남성 버전이라는 거보다 더?"

"일반 대중들은 그 부분에 관심을 가질 겁니다. 정말 한시온의 말이 맞느냐. 플라워스 블룸의 원곡이 존재하느냐로 떠들겠죠. 하지만……."

강석우 피디가 어깨를 으쓱한다.

"웨이프롬플라워의 팬은 아닐걸요? 오히려 그 관심이 커질수록 한시온 씨를 미워할 수도 있어요."

……?

그 정도까지 가수의 편에 서서 응원할 수 있다고?

그 정도면 당사자가 아니면 느낄 수 없는 본능의 영역 아냐?

그러면…….

그 사람들이 내 편이 되면 어떻게 되는 거지?

그런 생각을 하고 있을 때, 강석우 피디가 내 어깨를 두드렸다.

"우리 한동안 인터넷은 멀리합시다."

물론 강석우 피디의 걱정 자체는 쓸데없는 것이긴 하다.

난 악플에 상처받거나 감정적인 동요를 일으키지 않으니까.

하지만 정말 의외다.

약간 충격을 받은 채로 촬영지로 돌아오니, 세달백일 멤버들이 우르르 몰려든다.

저 멀리서 페이드가 날 비웃고 있는 것도 보이고.

"시온아. 무슨 이야기했어?"

"아, 네. 그냥 웨이프롬플라워 팬들의 반응에 대해서 이야기했어요."

"……한동안 인터넷은 멀리하자. 자료 검색 같은 거 필요하면 말하고."

반응을 보아하니, 나 빼고는 다 짐작한 모양이었다.

잠시 뒤, 리액션 촬영이 마무리 되고 우리는 숙소로 돌아왔다.

100분 동안 뻣뻣하게 앉아서 영상만 보고 있는 게 나름 힘든 일인지라, 쉬는 시간이 주어졌다.

방에 들어가서 쉬려고 하는데, 갑자기 문이 열리더니 멤버들이 우르르 들어온다.

"왜요? 다시 나오래요?"

"아니. 그런 건 아니고, 궁금한 게 있어서."

네 명이 다 같이 와서 물어볼 게 뭐가 있지?

이이온이 대표인 듯, 날 잠깐 쳐다보더니 입을 열었다.

"사실 그동안 쉬지 않고 달려와서 뒤를 돌아보진 않았거든? B팀 선발전은 1박 3일로 진행돼서 너무 졸리기도 했고."

"네. 그랬었죠."

"근데 방송을 보니까 그때 생각이 막 나더라고. 솔직한 생각을 나누면 좋을 타이밍인 것 같아서."

눈치가 빠른 편이라고 자부하지만, 멤버들이 뭘 물어보고 싶은지 도통 모르겠다.

혹시 내가 이 사람들한테 실수를 한 게 있나?

마음속으로야 이런저런 평가를 하며 실수했겠지만, 입 밖으로 낸 적은 없을 텐데?

그런 생각을 하고 있는데, 구태환이 이이온의 말을 이

어 받았다.

"왜 그런 거야?"

"뭘?"

"웨이프롬플라워. 처음엔 네가 좀 인기를 갈망하는 사람인 줄 알았는데……."

"관종, 관종. 왜 라이언인지 물어도 봤잖아요."

최재성이 웃으며 말을 보탠다.

"음, 그래. 관종인 줄 알았는데 지내 보니까 전혀 아니더라고. 이슈가 될 줄 알았지?"

"알긴 했지."

웨이프롬플라워 팬들이 날 공격하려는 논리가 너무 의외라서 놀란 거지, 공격을 당할 걸 예측하지 못한 건 아니다.

"그럼 왜 그런 거야?"

대답을 하려다가 멈칫했다.

아니 근데 왜 우리가 속마음을 털어놓을 사이라고 생각하는 거지?

어색한 사이는 벗어났지만, 아직 그 정도로 친한 사이는 아니지 않나?

온새미로랑은 아직 어색하기도 하고.

부모님의 이야기를 들은 뒤로 비밀을 공유한 내적 친밀감이라도 생겨났나?

"프로그램의 무게 중심을 가져오기 위해서지."

"무게 중심?"

"이 프로그램이 테이크씬을 데뷔시키기 위한 프로그램이라는 건 알고 있지?"

"알지."

"그렇기 때문에 이 프로그램의 무게 추는 테이크씬에게 쏠려 있고, 쏠려 있어야해."

"하지만······."

끼어들어 질문을 던지려던 온새미로가 멈칫한다.

아마도 '하지만 지금 무게 추는 너에게 쏠려 있잖아.' 정도의 말을 하려고 했겠지.

"그래. 가져왔잖아."

내가 괜히 웨이프롬플라워라는 1군 걸그룹을 선택했고, 괜히 그들의 노래 중 가장 망한 걸 골랐겠는가?

장담컨대, 이 이슈가 끝나기 전까지 커밍업 넥스트의 무게 중심은 나다.

솔직히 말하자면, 나한테는 너무 당연한 이야기다.

내 목표는 커밍업 넥스트의 '걔 누구였지?' 소리를 듣는 게 아니라, '한시온이 나온 프로그램이 뭐지?' 소리를 듣는 거다.

그러려면 내가 가진 화제가 커밍업 넥스트보다 더 커져야 한다.

이게 웨이프롬플라워를 건드린 이유다.

물론 진지하게 2억 장에 도전하는 회차라면 이런 방법을 선택하진 않을 거다.

단점이 너무 명확하거든.

"그럼 선배님들을 일부러 건드렸다는 거야?"

"그 사람들을 건드렸다기보다는."

"시온아. 선배님이라고 해야지."

잘생긴 유치원 선생님처럼 구네.

"누군가를 건드렸다기보다는 가장 잘나가는 그룹의 가장 망한 곡들을 우선해서 들어 본 거죠."

선택지는 많았다.

NOP의 활동곡이나 드롭 아웃의 활동곡들 중에서도 시원하게 말아먹은 건 있으니까.

심지어 드롭 아웃은 한번 망했던 그룹이라서 데뷔 싱글이나 1집 앨범의 타이틀곡을 건들면 화끈했을 거다.

그럼에도 플라워스 블룸을 선택한 건, 그냥 노래가 재밌어서였다.

아, 블루가 편곡 없는 무대를 요구한 것도 꽤 큰 이유 중 하나다.

드롭 아웃의 데뷔 싱글 같은 건 뭔 짓을 해도 원곡은 못 살리겠더라.

그딴 건 대체 누가 만든 거지?

내 설명을 들은 멤버들이 눈만 깜빡거리는 와중에 구태환이 조용히 자리에서 일어났다.

그리곤 방문 밖을 확인하고는 다시 돌아와 앉는다.

"다행히 듣는 사람은 없네요."

"이 이야기는 저희끼리만 알고 있죠."

"그러자. 어디 가서 이야기했다가는 시온이 생매장당할 거야. 특히 드롭 아웃 부분은."

"형, 평소에 재수 없다는 소리 많이 듣죠?"

최재성의 말에 인상을 찌푸렸다.

그건 내 성격이 재수 없어서가 아니라, 회귀자라서 어쩔 수 없는 거다.

아무 것도 모르면서.

"좀 신기하네. 시온이가 그런 것까지 생각하면서 산다는 게. 잠깐만, 그럼 업타운 펑크는? 그건 무슨 이유로 선곡한 거야?"

"그 곡은 저 빼고 넷이 골랐는데요."

"아, 맞다. 다수결로 골랐지."

"근데 왜 그랬던 거예요? 미리 말을 맞춘 것처럼 업타운 펑크를 밀던데."

"아, 그거? 네가 너무 엄청난 프로듀싱을 하려는 것 같아서 최대한 유명한 곡으로 고른 거야."

"엄청난 프로듀싱?"

"그런 거 있잖아. 엄청 전위적이면서 막 실험적인."

아, 그런 이유였어?

사람을 뭘로 보고.

난 여기 있는 그 누구보다도 대중의 취향에 진심인 사람이다.

내 예술성을 뽐내고 싶다는 생각 자체가 아예 없다.

그때 최재성이 손을 번쩍 들더니 구태환을 가리켰다.

"저도 궁금한 거 있어요!"

"재성아. 형들한테 손가락질 하는 거 아니야."

"아, 죄송합니다."

아무래도 오늘 이이온의 컨셉은 유치원 선생님인가 보다.

그렇게 최재성이 꺼낸 이야기는 꽤 흥미로웠다.

"아니, 태환이 형은 대체 왜 '노력하겠습니다' 봇이 된 거예요?"

"응?"

"평소에는 그 말 잘 안 쓰잖아요. 근데 이상하게 B팀 선발전 할 때만 주구장창 외치고 다녔단 말이죠."

최재성이 핸드폰을 꺼내더니 인터넷 반응을 보여 준다.

-아니 뭔 NPC 퀘스트냐구ㅋㅋ
-5번의 노력을 다짐했습니닼ㅋㅋ

-NPC가 당신의 열의를 높게 삽니다!
-히든 보상 : 선곡!

심지어 내가 구태환의 선곡을 제대로 도와주기 시작했을 때부터는 '일진과 선도부'라는 댓글이 꽤 많았다.
선도부? 내가?
"선도부는 이온 형이 더 어울리지 않나."
"그건 시온 형 말이 맞죠. 이온이 형이 은근히 예의예절에 깐깐하다니까."
"예의예절도 맞는 말이긴 한데, 예의범절이 더 맞지."
"지금처럼."
이이온이 어깨를 으쓱했다.
"어렸을 때부터 느껴서 그래. 친구들과 똑같은 일탈을 해도 내가 더 나쁘게 보인다는 걸."
"엥? 왜요?"
"얼굴 값하는 것처럼 보이니까."
"……."
보통 저런 소리는 본인 입으로 잘 안 하지 않나?
하긴 생각해 보면 이런 대화도 했었다.

"형, 태어나서 단 한 번이라도 형보다 잘생긴 사람 만나 본 적 있어요?"

"당연히 있지."
"언제요? 어디서요?"
"영화 시사회에서."
"……배우요?"
"응."

음, 이이온 정도로 잘생기면 저런 대화가 당연해지는 건가.

수없이 회귀했지만, 성형 수술은 해 본 적이 없어서 잘 모르…….

아, 아니다.

더 잘생겨지면 앨범이 많이 팔릴까 싶어서 해 본 적이 있다.

근데 성형 수술 이후에 소리를 내는 느낌이 너무 별로라서 바로 회귀해 버렸다.

"아무튼 태환이형. 왜 그런 거예요?"
"그게, 처음에는 별생각 없이 꺼낸 말이었어. 시온이가 좋은 조언을 해 준 것 같지만, 알아봐야 할 것 같아서. 할 말이 없잖아."
"그럼 다음에는요?"
"시온이가 너무 좋아하더라고."

뭐?

"내가?"

"응. 내가 노력하겠습니다만 말하면 표정이 바뀌던데."

"무슨 말도 안 되는 소리를."

선후 관계가 바뀌었다.

구태환이 '노력하겠습니다'를 하도 외쳐 대니까 내가 의식하기 시작한 거지, 처음부터 그랬을 리가 없다.

애초에 그딴 걸 왜 좋아하겠어?

"안 좋아했다고?"

"당연하지."

"난 네가 좋아하길래 한 건데?"

"아니라니까."

"그럼 내가 왜 그렇게 했겠어?"

"아니, 처음에······."

기억을 되살려서 제대로 따지려다가 한심해져서 그만두기로 했다.

술집 화장실에서 누가 먼저 부딪쳤는지 따지는 것도 아니고.

"누가 먼저 고백했는지 따지는 커플 같네요."

최재성의 비유가 마음에 안 든다.

"그럼 라이언인지는 왜 물어본 거야?"

"물어볼 게 없는데 자꾸 뭐라도 물어보라고 압박을 줘서."

"최대호 대표님이 그랬었나?"

"어. 아마 내 지원 영상을 보고 기억해 뒀던 거 같은데."
"우와, 뻔뻔해요."
"진짜 뻔뻔한 건 이온 형이지."
"아, 그것도 맞아요."
"내가 왜?"

그 뒤로 멤버들은 서로에게 궁금했던 것들을 물어보기 시작했다.

난 별로 궁금한 게 없었는데, 자기들끼리는 생각보다 많더라.

그러던 중 온새미로가 좀 다른 형태의 질문을 던졌다.

"네가 보기에 내 노래는 어때?"
"어, 저도요! 저도 알려줘요. 시온 형이 서울 타운 펑크에서 제가 제일 못했다고 해서 혼자 화장실에서 찔끔 울었잖아요."
"시온이가 그런 말을 했어?"

눈을 동그랗게 뜬 이이온이 다시 유치원 교사에 빙의해 힐난하는 눈초리로 쳐다본다.

"그건 최재성이 먼저 물어본 겁니다."
"맞긴 한데, 말이 너무 심했잖아요!"
"내가?"
"진짜 마상 제대로였어요. 형, 마상이 뭔지 알아요?"
"말 위?"

"마음의 상처!"
최재성의 외침에 모두가 날 쳐다본다.
대체 뭐라고 했냐는 듯이.
근데 내가 뭐라고 했더라?

'형, 모니터링을 좀 해 봤는데 제가 서울 타운 펑크에서 제일 아쉬웠던 것 같지 않아요?'
'가장 아쉽긴 했지. 원래 소울이나 펑크 장르에 부드러운 형태를 가진 미성이 안 어울리거든. 목소리를 가라앉히는 법을 좀 배워 봐.'
'……어떻게 가라앉히는데요?'
'고음 낼 때 기분을 저음처럼 가져가 봐. 대부분의 가수들이 고음 낼 때랑 저음 낼 때의 마음가짐이 달라. 고음은 지르고 저음은 부른다고 생각하거든.'
'이해가 안 가? 예를 들면 네 벌스에서 제발 날 추월해란 고음 파트 있지?'
'여기서 네 음계가 아- 아- 이 정도였거든? 그거를 음- 음- 이 정도 음으로 부른다는 느낌을 가져가야 해.'
'왜 말이 없어? 못하겠어?'
'하긴, 지금 실력으로는 좀 힘들지도. 더 쉬운 예시 들어 줄게.'

별거 없는데?

이 정도면 친절한 게 아닌가?

하지만 멤버들의 반응은 전혀 달랐다.

"와, 심했다."

"그래서 요즘 재성이가 일찍 일어나서 연습하고 있었구나?"

"그렇게까지 말할 건 없지 않나……."

아니, 좀 억울한데.

이건 그냥 피드백 습관이다.

가수들 중에는 '칭찬 후 비판'을 해 주면 칭찬만 듣고 비판은 무시하는, 자아가 비대한 놈들이 있으니까.

게다가 난 서울 타운 펑크에서 최재성이 잘했다고 생각했다.

지닌바 실력이 80이라면, 80 이상을 해냈다.

이게 정말 어려운 건데, 최재성은 본인이 가지고 있는 100%를 끌어내는 법을 본능적으로 알고 있는 가수다.

절대적인 기준에 있어서 아쉬웠던 것뿐이지.

"그럼 그런 이야기를 먼저 해 줬어야죠!"

"기고만장해질 수 있잖아."

"안 기고만장해져요! 아니 그리고 가수 지망생이 좀 기고만장해지면 어때요? 원래 내 노래 구려와 내 노래 쩔어를 왔다 갔다 하는 게 지망생이라고요."

"구리지도 않고 쩔지도 않아."
"와! 대박!"
마지막 멘트는 농담이다.
진짜 농담이다.
내가 그렇게 사회성 없는 놈은 아니지.
"그럼 나는? 난 지금 어때?"
구태환의 질문을 시작으로 내친김에 멤버들의 현 시점 실력에 대해서 평가해 줬다.
구태환과 이이온에게는 몇 번 이야기를 했기에 가볍게 짚고 넘어갔다.
중요한 건 온새미로다.
"온새미로, 너 잘하잖아."
세달백일에서는 나한테 치이고, 테이크씬에서는 주연한테 치여서 그렇지, 실력만 따지고 보면 크게 나무랄 곳이 없다.
문제가 있다면…….
"증명하려고 안 해야 할 것 같은데."
"증명?"
"자꾸 내 실력을 증명하고야 말겠다는 감정이 노래에 대한 몰입감보다 앞서."
처음 사전 미션을 할 때는 안 그랬던 것 같은데, 점점 변했다.

아마 나 때문인 거 같은데…….

자아가 강한 편이라서 본인보다 잘하는 사람이 있으면 영역 표시를 하고 싶은 것 같다.

"기술적인 문제는 유선화 트레이너가 거의 잡아 주고 있으니까, 마인드를 관리해야 해."

"서울 타운 펑크 때는 몰입했는데……."

"맞아. 거기서 네가 젤 잘했어."

확실히 서울 타운 펑크는 잘했지.

나와 동일한 후렴을 경쟁하듯 불렀는데, 연습 때는 좀 헤매더니 본 무대에서 정말 잘했다.

"뻔한 말이긴 하지만, 마음 편하게 먹어."

"오, 시온 형이 사회성이 좀 생긴 것 같아요."

"이게 사회화 훈련의 힘인가?"

최재성과 이이온의 대화에 피식 웃었다.

안 그럴 것 같지만 저 둘이 은근히 만담 케미가 있다.

하지만 부드러운 충고와는 별개로, 난 온새미로와 같은 팀을 할 생각이 없다.

세달백일 이후를 이야기하는 게 아니라, 앞으로 케이팝 아이돌에 도전하는 모든 생에서.

내가 원하는 건 컨디션과 기분에 따라 100점과 50점을 왔다 갔다 하는 사람이 아니다.

단단한 멘탈을 가져, 기복 없이 90점 이상을 뽑아 줄 사람이다.

그래도 뭐, 온새미로가 내 충고를 받아들여서 훌륭한 보컬이 된다면 좋은 일이지.

왜냐하면······.

"······."

부지불식간에 생각이 떠올리기 싫은 지점에 닿아 버렸다.

멈추려고 했지만, 생각은 마음대로 멈춰지는 놈이 아니다.

오히려 마음대로 달려가는 놈이지.

이럴 때는 차라리 끝까지 생각하는 게 낫다.

그래야지만 이 상념을 최대한 빨리 끝낼 수 있다.

"······."

악마와의 두 번째 만남 때.

질문을 던지고 답을 얻을 기회를 얻었다.

많은 것을 물어봤었다.

왜 나를 선택했는지, 왜 앨범을 팔아야 하는지, 왜 이런 계약을 했는지 등등.

어느 정도 의문이 해소되었을 때, 또 한 가지 궁금증이 생겨났다.

아니, 정확히 말하자면 줄곧 궁금해하던 질문이긴 했다.

하지만 동시에 내심 답을 내려놓은 질문이기도 했다.

그래서 질문을 던졌다.

그랬으면 안 됐는데.

"내가 회귀해 버리면, 남겨진 세상은 어떻게 되는 거지?"

내가 예상하는 대답은 그 세상이 사라진다든가, 내가 없었던 시기로 돌아간다였다.

그렇지 않다면 나는 도대체 얼마나 많은 사람에게 슬픔과 상실감을 안겨 준 것인가.

내가 망쳐 버린 삶이 몇 개일 것이고, 내가 만든 나비 효과로 인해 본래의 영광을 누리지 못한 이들이 몇 명일 것인가.

그건 너무나 불공평하다.

난 늘 목표를 달성하기 위해 누군가의 명예를 훔치며 살아왔으니까.

하지만 악마의 대답은 잔인했다.

오히려 의아한 듯 보였다.

[교차로를 통과했다고 해서, 교차로가 없어지는가?]

악마의 말에 큰 충격을 받았다.

그렇다면 나의 사후를 목격한 이들은 대체 어떻게 살아갔을까?

심지어 난 무대 위에서 회귀해 버린 적도 있는데?

[지나간 세상을 보여 줄 순 없다.]

[내가 알려 줄 수 있는 건, 이미 지나간 교차로를 돌아보는 건 정돈된 책장을 섞어 버리는 일이라는 것뿐이다.]

차라리 다행이었다.

내가 떠난 이후 어떤 세상이 펼쳐졌는지를 보고 싶지 않았으니까.

이때부터 난 회귀 시점을 컨트롤하기 위해 노력했으며, 늘 도망쳤다.

아무도 보지 못하는 곳에 몸을 구겨 넣고 회귀를 맞이했다.

마치, 주인의 눈을 피해 머리만 숨기고 무지개 다리를 건너는 반려견들처럼.

그러니 세달백일 멤버들이 내 조언을 받아들여서 훌륭한 보컬이 되길 바란다.

내가 떠나 사라질 세상에서도 잘 먹고 잘살 수 있게.

"시온아!"

"……네."

"무슨 생각을 그렇게 해?"

"아뇨. 아무 것도 아니에요."

늪에 빠지는 것처럼 천천히 기분이 침잠된다.

그래, 그럴 때가 됐지.

지난 2주간 우울했던 적이 없었던 것 같으니.

"가서 연습이나 하죠."

"우리 대기해야할걸? 다음 촬영 체육관에서 하려는 거 같던데."

"그럼 전 다녀올게요. 쉬고 있으세요."

내가 자리에서 일어나자, 멤버들도 당황스러운 기색으로 따라 일어선다.

그래, 안다.

웃고 떠들다가 아무런 이유 없이 우울해진 미친놈처럼 보이겠지.

익숙한 일이다.

날 이해해 줄 사람이 세상에 아무도 없는 건.

* * *

[C.U.N/2회] Flowers Bloom - 한시온 | 사실은 낙화였다?

[C.U.N/2회] 커밍업 넥스트 2회 미방영분 | 한시온의 무대 준비 과정 전격 공개!

[C.U.N/2회] 한시온의 웨이프롬플라워 선배님들을 향

한 헌정 무대! | 원곡과 포인트 비교

─아니, 대체 뭘 자신감으로 그딴 소리를 한 거임?
─그니까ㅋㅋㅋ 원곡이 따로 있는데 나한테만 그게 들렸다~ 이 지랄 아니냐고.
─걍 어그로 한번 끌어 보려고 한 거 아님? 일단 노래는 좋잖아. 나도 어그로 덕분에 들음.
─ㅇㅈ 노래 존나 좋음ㅋㅋㅋ
─웨프플은 왜 이런 갓곡을 망곡으로 만들었는지 모르겠네.
─하, 이 소리 왜 안 나오나 했다. 이게 웨프플 잘못이냐? 곡을 준 회사 잘못 아님?
─그니까. 아이돌이 무슨 잘못이 있겠어여? 그냥 인형처럼 위에서 오더 주면 따박따박 부르는 거지. 우리 웨프플 욕하지 마세요!
─ㅈㄴ 역겹다. 맥락도 모르면서 비꼬기만 하네. 저거 데뷔곡인데? 데뷔 때 자기 의견 내세울 수 있는 신인돌이 어딨음?
─ㅅㅂ 한시온 때문에 존나 빡치네. 별 그지 같은 게 그지 같은 소리 해 가지고.
─아니 이쯤 되면 작곡가나 편곡가 등판해야 하는 거 아니냐?

-웨프플 소속사가 등판해야지. 걔들은 전후 사정을 알 거 아니야.
　-알고 보니 한시온 말처럼 원곡이 있는 거 아님?ㅋㅋㅋㅋ
　-그럴 리가ㅋㅋㅋ
　-근데 신기하긴 하다. 음표를 하나도 안 건드리고 음계만 건드려서 저런 걸 할 수 있다니.
　-아 왜 음원 안 내주냐고!
　-이런 느낌 노래 또 없음? 아이돌은 관심 없고 그냥 노래가 개좋은데.

　　　　　　　　＊　＊　＊

　채널 엠쇼가 물이 들어오니 노를 젓기 시작했다.
　그동안 유튜브에서 콘텐츠 파워를 갖지 못했던 게 한이라도 된 듯 영상을 퍼부었고…….

　-인기 급상승 동영상 1위.

　마침내 알고리즘의 선택을 받았다.
　하지만 일련의 상황을 지켜보던 동종업계의 사람들은 고개를 갸웃했다.

'뭐지? 엠쇼가 한시온을 보호하고 싶어 하는 것 같은데?'

영상을 보고 있으면 묘하게 한시온을 변호하는 느낌이 난다.

대놓고 그러는 건 아니다.

하지만 한시온이 만든 무대가 정당하다는 자체적 판단이 들어간 건 틀림없다.

이건 꽤나 이상한 일이었다.

커밍업 넥스트는 누가 뭐래도 테이크씬의 데뷔를 위해 만들어진 프로그램이다.

한시온 같은 B팀 애들을 이용해 초반 화제를 불러일으키는 거?

당연히 좋다.

아주 잘한 일이다.

하지만 그럴 거면 한시온의 밑바닥까지 박박 긁어서 프로그램을 활활 태우는 장작으로 써야 한다.

제작진이 자체적으로 무대의 정당성을 판단할 게 아니라, 모든 소스를 대중들에게 던져 줘야 한다는 말이다.

그러면 한시온을 옹호하는 측도 생길 거도, 비판하는 측도 생길 거다.

그들은 계속해서 프로그램을 볼 거고.

"야, 혹시 한시온이 엠쇼에 인맥이 있는 놈인가?"

"딱히 그런 건 없는 걸로 알고 있습니다."
"그럼 엠쇼는 일을 왜 저렇게 하지?"
하지만 그들이 놓치고 있는 부분이 있다면, 한시온이 어느 정도의 천재인지 알지 못한다는 것이었다.
그렇기에…….

[플라워스 블룸은 초창기 작곡 단계에서는 남성 보컬을 위한 곡이었을 겁니다.]
[그러니까 제가 뭘 바꾼 건 없고, 그저 초창기 버전으로 불렀다고 생각합니다.]

사람들은 이 말이 진실이라는 가정 자체를 하지 않고 있었다.
그렇게 4일이란 시간이 흘렀다.
약간의 과장을 보태서, 온 인터넷 세상이 한시온에 대해서 떠들고 있었다.
자극적으로 편집된 캡쳐본이 온갖 커뮤니티를 떠돌았으며, 유튜브에도 수많은 영상이 올라왔다.
첫날에는 주로 자극적인 이슈를 퍼다 나르는 렉카들이 활동했다면, 이튿날부터는 음악 좀 안다는 이들이 머리를 들이밀었다.
그들은 대부분 한시온의 말을 부정했다.

특히 현재 프로 작편곡가이자, 작편곡 관련 유튜버로 유명한 '밸런스QQ'가 거세게 비판했다.

"한시온이란 친구의 말 중에 귀담아들을 건 아무 것도 없어요."
"아, 딱 하나 가능성이 있다면 원곡이 남성 보컬의 곡일 수 있다는 것일까요?"
"거짓 천재성을 뽐내기 위해서 저런 발언을 했는지는 모르겠지만, 여타 작·편곡 지망생들이 귀담아 듣지 않았으면 좋겠습니다."
"한마디로, 불가능한 이야기입니다."

내용은 비판적이었지만, 어조 자체는 침착했다.
그래서 신뢰성이 생겼다.
또한 아주 유명한 히트곡은 없지만, 어쨌든 현직 프로의 의견이지 않은가?
물론 밸런스QQ와는 반대로 한시온에 동조하는 이들도 있긴 했지만, 극소수였다.
그 외에는 운이다, 뽀록이다, 이현석이 해 줬다 등등의 반응이 가장 많았다.
사실 유튜버들이 이런 말을 하는 건, 그들이 진심으로 모든 상황을 파악했기 때문은 아니었다.

네티즌들의 반응이 그러할 것 같았기 때문이다.

한시온에게 좋은 소리가 나올 리 없다고 판단한 유투버들이 빠르게 대세에 편승한 것이었다.

실제로도 이번 이슈에 가장 민감한 웨프플의 팬덤이 초창기 여론을 부정적으로 만들었으니까.

하지만 3일차쯤 됐을 때, 눈치가 빠른 유투버들은 어떤 위화감을 느꼈다.

작성되자마자 하트가 우수수 달리는 댓글들은 여전히 부정적이지만, 전체 댓글을 보면 좀 이상하다.

-와, 노래 ㅈㄴ 좋다. 진짜루.
-웨프플도 화내지 말고 전 지구를 위해서 음원 발매를 허락해 주면 안 되나?
-콜라보레이션하면 되잖아. 후렴은 원 키니까 웨프플 메보가 부르고.
-오, 이거다
-님들 그거 앎? 웨프플 원곡 차트인 했음. 100위권이긴 한데ㅋㅋ
-근데 나도 원곡 찾아서 들어 보긴 했음.

생각보다 여론이 나쁘지 않다.

비율로 따지면 65% 정도가 욕을 하고 있고, 35% 정도는 옹호 중이지만……

웨프플 팬덤을 제외하고, 그냥 남을 욕하고 싶어 하는 분탕종자들을 제외하면?

'사실상 반반 아닌가?'

그런 생각이 든 것이었다.

그리고 이들의 생각은 맞았다.

실제로도 이 화제에 대한 떡밥이 식지 않는 이유는 여론이 딱 반반이기 때문이었다.

긍정적인 여론이 생긴 이유는 놀랍도록 심플했다.

노래가 말도 안 되게 좋았으니까.

커버 영상이 쏟아지고, 한시온의 목소리를 따서 밴드 연주를 입힌 영상은 조회 수가 300만이다.

상황을 주의 깊게 분석하고 있던 강석우 피디조차 당황스럽게 만든 흐름이었다.

하지만 지금 그 누구보다 당황한 사람들은.

"진짜라고?"

웨이프롬플라워와 그들의 소속사인 NT였다.

* * *

"크리스 에드워드라고? 너 지금 장난하는 거 아니지?"
"아닙니다. 정말입니다."

"그걸 왜 이제 말해!"

"이 곡이 저희 회사에 올 때는 작곡가와 편곡가가 저작권 양수도 계약을 끝냈으며, 등록 당시에는 덴마크식 본명을 썼습니다."

"니미……."

NT 대표가 욕을 내뱉으며 입술을 잘근잘근 씹었지만, 머리로는 이해했다.

어차피 회사는 정산과 관련된 음원의 지분 관계만 파악한다.

지들끼리 음원을 양도했든, 양수했든 아무 상관없다.

하지만 저작권을 양도했더라도 성명권은 유지되어야 하기에 음원 사이트 및 플랫폼에는 원곡자의 이름이 크레딧에 표기된다.

물론 완벽한 개인 간의 거래였다면 성명권조차 표기되지 않았을 확률이 높다.

하지만 알아본 바에 따르면 이건 케이팝 합동 송 캠프에서 진행된 거래였다.

"엠쇼도 알고 있겠네."

"분위기상 그런 것 같습니다. 어쩌면 인터뷰를 땄을 지도……."

"우리만 병신 되기 일보 직전이란 소리네?"

원곡이 크리스 에드워드 작곡이라는 게 밝혀지면?

지금 한시온을 공격하는 여론이 전부 NT로 향할 거다.

어떻게 저런 명곡을 쓰레기로 만들어서 웨이프롬플라워에게 줄 수 있냐고.

"너, 당장 애들 데려다가 한시온 응원 영상 찍게 하고, 엠쇼에 직접 문의해. 음원 발매하자고."

"편곡가도 수배할까요?"

"어. 걔를 욕받이로 만들어야 하니까 살살 꼬드겨서 인터뷰 좀 따 봐. 아마 한시온 무대 보고 속 좀 상했을 거야."

"근데 대표님. 혹시라도 크리스 에드워드가 여성 보컬곡을 썼으면 어떻게 되는 겁니까? 작곡가는 크리스 에드워드더라도 막상 곡은 아닐 수도 있는 거 아닙니까?"

"야이 등신아, 지금 그게 중요한 거 같아? 자극적인 타이틀만 박힌다고! 플라워스 블룸 작곡가, 사실은 빌보드 1위!"

호통을 치던 대표가 갑자기 탁 멈췄다.

부하 직원은 이 양반이 왜 이러나 싶었지만, 대표의 머릿속에 아이디어가 생겨나는 중이었다.

"가만 있어 봐. 커밍업 넥스트는 라이언 애들 데뷔시키는 프로잖아? 테이크씬이었나?"

"맞습니다. 테이크씬."

"그럼 한시온을 우리가 데려올 수는 없어?"

"네?"

"이 촌극 끝에 한시온이 NT의 품으로 들어오면 우리가 승자 아니야?"

"그렇긴 한데, 라이언이 곱게 놔줄까요?"

"엠쇼랑 쇼부 잘 치면 되지. 엠쇼 놈들 아마 테이크씬 활동 수익 나눠 먹을 거야. 그러니 한시온을 쳐다보면 아깝겠지? 한시온 활동 수익도 먹고 싶으니까?"

"아……!"

"엠쇼에 연락해 봐. 음원 발매 이야기하면서 슬쩍 한시온 협찬 이야기도 꺼내. 거기까지만 말해도 다 알아들을 거니까."

"알겠습니다!"

직원을 내보낸 대표는 유튜브에 접속해서 한시온의 무대를 찾아보기 시작했다.

아직 인터넷에 올라온 제대로 된 무대는 2개밖에 없다.

가로등 아래서, 플라워스 블룸.

하지만 딱 두 곡의 무대만 봐도 알겠다.

얘는 진짜라는 걸.

무대 장치 하나 없는 케이블 오디션 프로그램에서 이 정도로 압도적인 느낌을 줄 수 있다니…….

원곡이 있다는 걸 알아차린 것보다 이게 더 신기하다.

"하, 씨. 진짜 탐나네."

NT에서 야심차게 준비 중인 LMC라는 보이 그룹에 한시온이 들어오면 완벽할 것 같다.

잠깐 고민하던 대표가 부하 직원에게 메시지를 보냈다.

[야, 한시온 연락처 수배해서 나한테 바로 보내.]

아무래도 직접 영입 제안을 해 봐야겠다.

대표가 직접 나설 만큼 NT가 공을 들여서 준비하는 그룹이 LMC다.

열심히 준비한다고 다 되는 건 아니지만, 자신도 있었고.

NT 대표는 몰랐지만, 실제로도 LMC는 대박을 치는 그룹이었다.

BVB 엔터의 〈프라임 타임〉과 함께 몇 년 뒤 케이팝 월드스타 자리에 오를 거니까.

하지만 이 시점에서는 한시온만이 알고 있는 이야기였다.

* * *

현 시점에서 NT의 계획은 3가지였다.

하나, 웨이프롬플라워의 한시온 응원 영상.

둘, 음원을 발매.
셋, 편곡가의 인터뷰.

물론 한시온의 영입을 시도한다든지, 엠쇼와 적절한 협상을 한다는 계획도 있긴 했다.
하지만 이건 미래를 위한 계획이었고, 지금 당장의 급한 건 저 세 가지였다.
결과적으로 NT는 셋 중 하나의 계획만 성사시킬 수 있었다.
바로, 음원 발매였다.
엠쇼는 별다른 고민도 없이 오케이를 했다. 마침 본인들도 가려웠던 곳이니까.
그러면서 의미심장한 말을 하기도 했다.
"좋은 선택이었다는 걸 금방 알게 되실 겁니다."
아무래도 엠쇼는 이미 크리스 에드워드와의 인터뷰를 준비해 놓은 것 같았다.
한시온의 응원 영상은 웨이프롬플라워가 거부했다.
"지금 팬분들의 마음을 알고 하시는 말씀이에요? 크리스 에드워드고 나발이고, 저희는 못해요."
웨이프롬플라워가 한시온의 응원 영상을 찍으면 팬들의 기분이 좋을 리가 없다.
'너희는 화를 내고 있지만 사실 우리는 기분이 나쁘지

않은걸?' 따위의 메시지를 전달하는 꼴이라서.

리더가 강경하게 반대했고, 재계약이 2년밖에 남지 않은 시점이라 발언에 힘이 실렸다.

마지막으로 편곡가 인터뷰는 어떻게 됐냐면…….

"밸런스QQ? 이 유투버가 플라워스 블룸 편곡가라고?"

"네. 그렇더라고요. 중간에 활동명을 갈아 버린 모양입니다."

"허, 참. 우리가 굳이 인터뷰를 딸 필요도 없었네? 영상을 대체 몇 개나 올린 거야?"

"언론사를 통해 슬쩍 이 친구가 편곡가라는 것만 흘리면 될 것 같습니다."

"잭팟이네."

인터뷰를 할 필요도 없어졌다.

그렇게 물밑 작업이 끝나고, 플라워스 블룸의 한시온 버전이 발매되었다.

본래 리메이크는 원곡 제목을 그대로 표기해야 하나, 이번 경우에는 NT가 알아서 양보를 해 줬다.

저작권료는 제목과 상관없이 들어오니, 굳이 웨이프롬 플라워의 아픈 손가락을 들출 필요가 뭐가 있냐며.

그 결과.

1. 낙화(落花) (new)(hot)

한시온의 낙화는 발매 직후 24시간 차트에서 1위를 기록하는 기염을 토해 냈다.

참고로 4위에는 〈가로등 아래서〉가 아직도 이름을 올리고 있었다.

그리고 마침내, 진실이 공개되었다.

〈[단독] 플라워스 블룸의 오리지널 버전 작곡가, 크리스 에드워드로 밝혀져〉

〈빌보드 1위 작곡가 크리스 에드워드, 커밍업 넥스트 출연 확정〉

〈크리스 에드워드 출연 이유는 "우연히 한시온의 인터뷰를 보고 소름이 끼쳤다. 세상에 공개된 적 없던 내 곡에 대한 이야기를 하고 있더라."〉

〈[단독] 플라워스 블룸 편곡가 유명 유튜버 '밸런스QQ'로 밝혀져〉

세상이 뒤집어졌다.

* * *

-아니 한시온 말이 맞았다고? 플라워스 블룸의 원곡이 있다고? 심지어 크리스 에드워드가 작곡했다고?
-당연히 개구라지. 이게 말이 된다고 생각함?
-여기서 구라가 들어갈 부분이 어디 있음?
-유명 작곡가 섭외해서 이미지 작업 들어간 거지, 뭐.
-한시온이 무슨 대선 후보냐? 크리스 에드워드를 섭외해서 이미지 메이킹을 하게?
-그건 대선 후보도 안 되지 않을까요ㅋㅋㅋㅋㅋㅋㅋ
-(정보추) 크리스 에드워드는 빌보드 1위 곡을 3개나 가지고 있으며, 천만영화의 음악 감독으로 영화 음악상을 수상했다.
-아니 한시온 개쩌네. 진짜 천재였나 봐.
-(이미 바지에 지린 댓글입니다)
-와 크리스 에드워드 영화 대박 났을 때도 방송 출연 안 했는데ㅋㅋㅋ 진짜 깜짝 놀랐나 봐.
-커밍업 넥스트에서 자세히 풀어 주겠지? 개궁금하다.
-한시온 욕하던 렉카들 영상 내리기 시작한 게 제일 웃김ㅋㅋㅋ
-밸큐가 제일 ㅂㅅ 아니냐? 왤케 이 악물고 까나 했더

니 그 무능한 편곡가가 자기 자신이었던 거임ㅋㅋㅋㅋ

　-하, 개열받는다. 웨프플한테 저런 무능한 편곡가를 붙여 줬다는 게.

　-꽃덕들 공격 방향 바뀜??

　-다 필요 없고 음원 발매된 거 너무 행복하다. 진짜 일 년 내내 들을 듯.

　-한시온을 욕했던 나. 반성합니다.

　-반성하면 상위 1%임. 다들 막귀 유튜버들 때문에 선동당했다고 정신승리 중.

　-하긴 밸큐 뿐만 아니라, 대부분 한시온 까는 분위기였잖아.

　-한시온 옹호했던 몇 안 되는 채널들 떡상 중임ㅋㅋㅋㅋ

　-(주소) 님들 이거 봄?ㅋㅋㅋㅋ 어제 한 인터넷 방송인데ㅋㅋㅋㅋ

　-이 아재가 누군데?

＊　＊　＊

　-크으.

　화면 속의 중년 남자가 삼겹살을 입에 넣더니 소주를 야무지게 들이킨다.

나름 맛있게 먹긴 했지만, 전문 먹방 유투버라고 보기엔 굉장히 부족한 모습.

그때 남자가 살짝 취기가 오른 목소리로 본론을 꺼냈다.

―사람들이 저를 욕하더라고요. 한시온 천재 코스프레 그만 도와주라고. 네가 편곡한 거 다 아니까 빨리 밝히라고. 근데 제가 진짜 서러웠던 게 뭔지 알아요?
―아, 저 이현석입니다. 그 있잖아요. 한시온 뒷배라고 소문났던 작곡가. 칫솔. 칫솔 제가 만들었어요.
―어디까지 이야기했더라? 아, 서러웠던 거.

남자가 다시 소주를 들이켰다.

―저도 시온이처럼 못해서 은퇴한 거예요. 요즘 음악을 못 따라가겠어서 은퇴하고, 레코딩 스튜디오 짓고, 인디 음악 하는 애들 도와주고 사는 거라고요.
―막말로 제가 조기정 형님이랑 10년 전부터 친했거든요? 할 수 있었으면 가로등 아래서 진작 리믹스했죠. 뭐하러 10년이나 기다렸겠어요?
―그리고 낙화? 저 그거 듣고 울었잖아요. 내가 진짜 한국의 오아시스가 되고 싶었는데……. 그 감성이잖아.

미쳤어.

―조카야, 누가 돈을 줬다는데? 도네? 도네가 뭔데? 아, 기부. 아이고, 감사합니다. 그럼 이게 돈 내고 하는 질문이야?

―한시온이랑 어떻게 알게 됐냐고요? 캬, 질문 좋다. 수준 있다. 나도 그 얘기 하고 싶었는데.

―그게 언제더라……? 세 달 전쯤인가? 누가 스튜디오를 60시간이나 렌탈한 거예요. 그때 제가…….

조카의 권유에 별생각 없이 인터넷 방송이란 걸 킨 이현석은 깨달았다.

세상이 정말 많이 변했다고.

삼겹살에 소주를 마시며 이야기나 좀 했는데…….

"이, 이게 뭐야!"

한 달치 수입을 벌어 버렸다.

그는 몰랐지만, 한시온에게 입덕한 팬들에게 이현석은 한시온을 광명으로 이끌어 준 '우리 삼촌'이었다.

한데 그 삼촌이 한시온과 관련된 썰을 풀어 준다?

이건 못 참는다.

내일 또 방송 켜 달라는 수많은 요구(도네이션이 포함된)를 받은 이현석은 거칠 것이 없었다.

한시온에게 네 덕분에 번 돈이니까 반띵하자는 문자를

보냈지만, 한시온은 쿨했다.

 선배님 다 가지셔도 되니까, 좋은 이야기 많이 해서 많은 사람들이 보게 해 달라는 답장이 날아왔다.

 그동안 냉정해 보였던 한시온.

 사실은 따뜻한 아이였다.

 -어제 시온이한테 문자로 허락받았는데, 아이고, 만 원 후원 감사합니다. 좋은 데 쓰겠습니다!

 -시온이 처음 본 날 기타 리프 연주하던 영상이 있거든요?

 -그거 한번 보여 드릴게요. 시온이가 상관없다고 했어요. 완성된 곡의 연주는 아닌데, 진짜 필이 미쳤어요. 괴물이야, 괴물.

 -아, 영상 본 다음에 밸런스큐큐 썰 좀 풀어 줄게요. 그 자식 병신이에요. 옛날에 드럼 칠 때 나한테 술도 많이 얻어먹었는데, 주변 애들한테 다 손절당하고. 아이고, 만 원 후원……? 십만 원?!

* * *

 새롭게 회귀를 하게 되면 늘 화가 나지만, 좋은 점이 딱 하나 있다.

바로, 스무 살의 쌩쌩한 신체로 돌아간다는 것이다.

난 보통 20대 후반이나 30대 초반까지 살지만, 늘 그런 건 아니다.

가장 오랫동안 살아 본 나이가 아마 42살이었을 거다.

30대 때는 관리만 잘해 주면 신체 상태가 크게 다르지 않지만, 40대는 정말 다르다.

무슨 짓을 해도 20대와는 차이가 난다.

그런 기억이 있으니, 스무 살로 돌아오면 신체에 활력이 넘치는 게 느껴지는데…….

"헤이, 헤이!"

정말 피곤하다.

에디 때문에.

"왜."

"나 그 영상 봤어. 이-현-석? 이렇게 발음하는 거 맞지?"

심지어 한국에서 아무 스케줄도 잡지 않았는지, 이현석 대표의 개인 방송까지 챙겨 보고 있다.

아니 근데 한국말도 못하면서 어떻게 방송을 봤지?

"통역을 썼지."

"……동시통역가한테 그걸 부탁했다고?"

"응."

할 말을 잃었다.

그래, 내가 졌다.

"그 기타 리프, 저번에 들려준 곡에 있던 거 맞지?"

"맞아."

"그럼 그때 들려준 곡들을 한 번에 만든 거야? 이-현-석의 스튜디오에서?"

"작곡은 미리 해 놨지. 레코딩만 가서 한 거야."

"그 노래, 나한테 편곡을 맡기는 건 어때?"

에디가 이야기하는 노래는 〈꾼들〉이다.

나의 회귀 버릇.

지난 생을 추억하며 만드는 첫 번째 자작곡.

만약 에디가 다른 곡을 달라고 했다면 고개를 저었을 것이다.

이미 서승현 팀장에게 위탁 판매를 맡겨 놓은 상태였으니까.

하지만 〈꾼들〉은 예외다.

그 곡을 어떻게 하겠다고 계획을 세운 건 아니지만, 그저 흔한 곡들 중 하나로 케이팝 산업에 뿌리고 싶진 않았다.

난 냉정한 사람이고, 내 목표를 달성하기 위해서는 친구라도 내칠 수 있다.

그럼에도 불구하고 GOTM은 내 긴 회귀 인생에서도 특별한 팀이었다.

"너는 미션 때문에 내 곡을 편곡해야 하잖아? 나는 그동안 네 곡을 편곡할게. 공정하지?"

공정은 개뿔.

그래도 나쁘지 않다는 생각이 든다.

에디의 실력은 믿을 만하니까.

잠깐 고민하다가 고개를 끄덕였다.

"좋아. 대신 조건이 있어."

"뭔데?"

"보컬이나 가사 같은 건 마음대로 정해도 돼. 아니면 HR에게 맡겨도 되고."

"세션은 안 된다는 뜻? 원하는 연주자가 있나 보네?"

"그건 아니지만, 1순위로 지명하고 싶은 사람들이 있어. 그 사람들 실력이 수준 미달이거나, 거부하면 네 마음대로 해."

"오, 좋아. 누군가를 떠올리면서 만든 곡이라는 뜻이군. 더 흥미로운걸?"

에디는 내 재능의 정체를 파헤치고 싶은 모양이지만, 글쎄다.

회귀자라는 걸 알지 않는 이상 불가능한 이야기다.

그리고 난 지금껏 단 한 번도 내가 회귀자라는 이야기를 해 본 적이 없다.

지난 생에 회귀 직전 카세트테이프를 남겼던 게 유일한

경우다.

뭐, 그것도 내가 사라진 이후에 발견되겠지만.

"지금 어디서 뭐 하고 있는지는 곡이랑 함께 보내 줄게. 전부 다 아마추어 연주자들이거든."

"미국 여행이라도 가서 만난 거야?"

"더 물어보면 편곡 안 맡겨."

"오케이, 오케이. 그나저나 편곡 작업은 잘되고 있어?"

"잘되고 있지."

이번 미션은 '크리스 에드워드의 명곡'을 편곡하는 팀 배틀이다.

예정에 없던 미션이었지만, 커밍업 넥스트 입장에서는 무조건 진행할 만한 일이기도 하다.

빌보드 1위 작곡가가 자신의 곡에 대한 사용권을 흔쾌히 내어주고, 방송에도 출연하겠다는데, 거절할 이유가 어디 있겠는가?

그리고 이건 나한테 너무 쉬운 일이다.

에디와 함께 살 때 이미 해 봤던 일이니까.

에디에게 작곡을 배우던 삶에서, 에디는 늘 본인의 곡을 던져 주고 편곡을 해 보라고 했었다.

어쩌면 에디가 누군가의 재능을 확인하고 싶을 때 쓰는 방법일지도 모르겠다.

"참 이상해."

"뭐가?"

"내가 원래 이런 사람이 아닌데, 너랑은 친해지고 싶단 말이지. 아, 오해할까 봐 말하는데 게이는 아니야."

"그럴 거 같았어."

"왜?"

"왠지 6년 정도 사귀었던 여자 친구한테 넌 미래에 대한 비전이 없다고 차여서 질질 짰을 것 같거든."

"……티가 나?"

"설마 진짜야?"

"…….."

다 알고 한 말이니까 그런 표정 좀 짓지 말고 가 줬으면 좋겠다.

그래도 뭐, 에디가 진짜 싫었던 건 아니다.

며칠 전까지만 해도 극심한 회귀 우울증을 앓고 있었는데, 에디가 심사위원으로 온다는 이야기를 듣고 기분 전환이 되었다.

정신 나간 행보를 보고 있으니 하도 어이가 없어서.

"Edward!"

그때 고 피디, 그러니까 김달인 피디가 다가오더니 에디에게 뭔가를 속삭였다.

어깨를 으쓱한 에디가 나에게 인사하곤 사라지자, 이번엔 김 피디가 나에게 말을 걸어왔다.

"한시온 참가자."

"네."

"심사위원이랑 사석에서 너무 떠들면 다른 팀에게 편파 판정에 대한 불안함을 야기할 수도 있어요."

아니, 왜 나한테 그러지.

와서 말을 건 건 에디인데.

"주의하겠습니다."

"그리고 웨이프롬플라워 측에서 함께 콘텐츠를 찍고 싶어 하는데, 어떻게 생각하세요?"

"토크쇼 같은 건가요?"

"아뇨. 〈구슬 라이브〉라고, 히트곡을 연결해서 라이브로 부르는 유튜브 콘텐츠예요. 한시온 씨를 특별 피처링으로 쓰고 싶은 거죠."

그런 거라면 좋다.

데뷔에 한 걸음 정도는 가까워지는 길일 테니까.

내 노래 실력이 보정이라는 이들에게 제대로 된 라이브를 보여 줄 수도 있고.

"출연할게요."

"네. 참고로 저희 촬영팀도 따라갈 거예요."

"알겠습니다."

오디션 참가자들이 다른 예능 프로그램에 출연하는 건 드문 일이지만, 상황만 맞는다면 안 될 것도 없다.

뭐, 게다가 유투브 콘텐츠니까.

그런 생각을 하고 있는데, 김달인 피디가 이야기가 끝났음에도 내 주변을 서성거린다.

할 말이 더 남았나 싶어서 쳐다보니, 갑자기 종이 한 장을 내민다.

"사인 한 장만……."

방금 전에 편파 판정 어쩌고 하던 사람은 어디로 간 거지.

이래서 강석우 피디가 고문관이라고 부르나 보다.

멋들어지게 사인을 해 주고 있는데, 스태프가 빨리 버스에 올라타라고 손짓한다.

오늘은 커밍업 넥스트 참가자들이 화보 촬영을 하는 날이었다.

포천에서 화보를 찍을 순 없으니, 압구정 모처의 스튜디오로 간다더라.

"전원 탑승했습니다!"

스태프의 외침과 함께 버스에 올라타니, 이미 날 제외한 참가자들이 전부 탑승해 있었다.

한데 늦게 와서 그런지 남은 자리가 별로 없다.

남은 거라곤 최재성과 페이드의 옆자리뿐.

"형."

날 부른 최재성이 자리를 비워 놨다는 듯 옆 좌석을 툭

툭 두드린다.

 음.

 사람들이 나를 힙시온이라고 부르는 걸 알고 있다.

 힙하다는 게 정확히 무슨 의미인지 모르겠지만, 남들이 안 하는 선택을 즐긴다는 뜻 같던데.

 그렇다면 기대에 부응해 줘야지?

 "안녕?"

 "……!"

 페이드 옆자리에 앉자, 사람들의 고개가 획 향하는 게 느껴진다.

 우리 둘이 욕을 하며 싸웠던 게 불과 얼마 전이니까.

 "너, 왜……."

 페이드도 무슨 말을 해야 할지 모르는지 어버버거린다.

 아닌가?

 욕을 하고 싶은데 보는 눈이 많아서 참느라 고장 난 건가?

 아무튼 페이드는 내가 왜 본인의 옆자리에 앉았는지 이해를 못하는 눈치였다.

 나도 계획하고 한 행동은 아니었다.

 하지만 이유는 있다.

 페이드에게 너와 내가 어떤 관계인지를 상기시켜 주고

싶었다.

페이드는 프로그램에 대한 영향력으로 근거로 시비를 걸어왔고, 난 그걸 시원하게 받아 줬다.

페이드가 사과를 하거나, 내가 하차를 하거나의 상황이 벌어진 것이었다.

모두가 얼토당토 않는 싸움이라고 생각했겠지만, 사과를 한 건 페이드다.

그 뒤로 서로를 본체만체하는 건 내가 페이드를 피한 게 아니다.

페이드가 날 피한 거다.

아직도 내 핸드폰에는 페이드의 사과 영상이 있으며, 프로그램의 화제성이 나로부터 파생되고 있으니까.

한데, 요즘 페이드가 세달백일 멤버들을 툭툭 건드리는 게 보인다.

대놓고 하는 건 아니지만, 은근히 기분 나쁘게.

이런 놈들의 머릿속에 들어 있는 생각이 무엇일지는 뻔하다.

내가 한시온한테 밀리지, 니들한테 밀리는 건 아니라는 걸 증명하고 싶은 우월감.

세달백일 멤버들에게 나한테 당한 수치를 풀고 싶은 열등감.

참, 한결같은 놈이다.

신기하게도 포더유스 시절의 세세한 활동은 기억나지 않지만, 그 당시 멤버들이 어떤 놈들이었는지는 떠오른다.

특히 최악이었던 페이드는 더더욱.

버스가 출발하고, 나와 페이드를 쳐다보던 사람들이 고개를 돌렸다.

페이드와 내가 앉은 자리가 버스의 맨 뒷좌석이었기 때문에 시선이 금방 사라진 감도 있다.

그러자 페이드가 핸드폰을 꺼내더니 메시지를 쳐서 나한테 보여 준다.

[좋은 말로 할 때, 옆으로 가라.]

메시지를 적기는 하나 전송하지 않는 걸 보니, 내가 어떤 치밀한 계획을 갖고 있다고 생각하나 보다.

그런 거 없는데.

아, 어쩌면 에디의 영향을 받았을 수도 있겠다.

너무 오랫동안, 너무 많은 인격으로, 너무 다양한 삶을 살아온 탓에, 난 나도 모르게 주변인들의 행동을 모방할 때가 있다.

에디와 이야기를 나눌 때는 에디처럼 막무가내로 살았던 회차의 인격이 나오고, 페이드와 대면할 때는 배후에서 남들을 조종하던 음습한 인격이 나온다.

하여튼 회귀자란 족속들은 전부 예민하고, 변덕이 죽 끓는 놈들이다.

아, 물론 내 얘기다.

나 말고 다른 회귀자를 본 적은 없으니까.

[친하게 지내 ⌒⌒b]

페이드에게 휴먼아재체로 메시지를 보내자, 얼굴이 썩어 들어간다.

뭐, 나도 이 이상 자극하진 않을 거다.

페이드는 암묵적 상하 관계나 단체 내의 영향력 같은 것에 민감한 놈이다.

이 정도만 해도 앞으로 까불지 말고 조용히 지내라는 메시지를 이해했겠지.

* * *

춤, 노래, 얼굴, 몸, 인내심, 멘탈, 체력······.

아이돌을 평가하는 지표는 많고, 지표를 개선시키기 위한 방법도 많다.

꾸준한 트레이닝으로 춤과 노래 실력을 개선시킬 수 있고, 수술이나 시술로 외모를 개선시킬 수 있다.

유능한 매니저를 붙여서 인내심을 관리하고, 심리 상담 전문가를 붙여서 멘탈을 관리할 수도 있다.

하지만 딱 하나.

아이돌에게 있어서 정말 중요한 지표지만, 후천적으로 개선시키기 힘든 요소가 있다.

바로 '끼'다.

끼는 정의하긴 어렵지만, 일반적으로 몰입감이라고 말하곤 했다.

무대 상황에 얼마나 몰입할 수 있고, 본인의 몰입감을 관객들에게 얼마나 전달할 수 있는지.

그래서 종종 아이돌 중에서 훌륭한 연기자가 탄생하는 것이다.

연기는 배울 수 있지만, 인물에 몰입하는 건 타고난 재능이니까.

"그래서, 오늘 이 화보 촬영이 진행되는 겁니다."

노래도 봤고, 춤도 봤고, 무대도 봤다.

그렇다면 열 명의 참가자들 중 가장 끼가 넘치는 참가자는 누굴까?

누가 카메라 앞에서 가장 매력적인 피사체가 될까?

이걸 감별할 시간이었다.

"저, 피디님. 가벼운 화보 촬영이라고 하시지 않았나요?"

"서바이벌 프로그램에 가벼운 촬영이 어디 있겠어요?"
"그럼 설마 평가도 하나요?"
"물론이죠."

오늘 촬영을 맡은 3명의 포토그래퍼들이 테이크씬과 세달백일을 평가할 예정이었다.

게다가, 순위가 높은 순서대로 다음 미션의 무대 장치를 선택할 수 있다.

강석우 피디의 설명이 끝나자, 참가자들 사이에서 앓는 소리가 나왔다.

가벼운 마음으로 스튜디오에 도착했는데, 갑자기 중요한 미션이 되어 버렸으니까.

하지만 이내 현실에 순응한 테이크씬과 세달백일이 머리를 맞대며 의상 컨셉을 고민하기 시작했다.

오늘 화보는 두 가지 버전으로 촬영되는데, 첫 번째는 멤버들이 직접 정하는 셀프 의상이었다.

즉, '우리가 생각하는 우리 팀'의 컨셉을 정해야 했다.

두 번째 버전은 말할 것도 없이 돈 냄새가 나는 컨셉이다.

유명 잡지와 콜라보레이션이 되어 화보집이 발매될 예정이니까.

'셀프 의상은 테이크씬이 유리하겠군. 이런 식의 컨셉 회의를 여러 번 했을 테니.'

강석우 피디의 생각처럼, 테이크썬은 순식간에 아이디어를 쏟아 내기 시작했다.

데뷔만 하지 않았을 뿐이지, 이미 모든 게 준비된 그룹이었으니까.

한데, 의외로 세달백일도 꽤 괜찮은 아이디어들을 내놓았다.

"시간 여행을 가져가야겠지?"

"그래야 하지 않을까요? 여기서 갑자기 다른 컨셉을 생각할 수도 없으니까……."

"근데 시간 여행에 어떤 상징물이 있을 것 같진 않은데."

"회중시계는 어때요?"

"오, 괜찮은데? 또 뭐 없나?"

"우산이요!"

"아, 시간 여행도 일단은 여행이니까?"

"네!"

"음……. 오케이. 일단 적어 두자. 여행이면 나침반이나, 지도 같은 것도 되려나?"

"이상할 거 같아요. 우산은 어느 시대에서도 쓸 수 있지만, 지도는 특정 장소만 볼 수 있잖아요? 나침반은…… 잘 모르겠네요."

"애매하면 빼야지."

강석우 피디는 세달백일의 아이디어 회의를 지켜보며, 지난 미션 곡이었던 서울 타운 펑크를 떠올릴 수밖에 없었다.

사실 그는 〈자체 제작 미션〉에서 세달백일이 삐거덕거릴 거라고 생각했었다.

왜?

'한시온 때문에.'

한시온은 천재다.

그리고 보통의 천재들은 범인들이 왜 자기처럼 못하는 걸 이해하지 못한다.

그렇다고 세달백일 멤버들이 순순히 한시온의 오더를 들을 것 같지도 않았고.

하지만 실제로는 어땠는가?

한시온은 천재의 괴팍함을 전혀 보이지 않았고, 멤버들의 의견을 존중했다.

심지어 종종 멤버들에게 혼나는 모습까지 보였다.

그와 동시에 세달백일 멤버들은 선곡을 제외한 모든 음악적인 부분을 한시온에게 일임했다.

그 결과, 서울 타운 펑크라는 굉장한 무대가 탄생했다.

아직 방송은 되지 않았지만, 강석우 피디는 서울 타운 펑크가 프로그램의 분기점이 될 것이라고 확신하고 있었다.

지금까지는 프로그램의 화제성 90% 이상이 한시온에게 쏠려 있었다.

심지어 한시온이 쥐고 있는 화제성이 너무 커서 커밍업 넥스트가 서바이벌 프로그램처럼 보이지 않는 느낌도 있었다.

하지만 서울타운 펑크가 공개되는 순간, 두 팀 간의 서바이벌 느낌이 날 거다.

〈한시온의 세달백일〉과 〈테이크씬〉이 붙는 느낌은 지울 수 없겠지만, 긴장감은 생긴다.

'참 신기하단 말이지. 어떻게 저런 재능을 가지고 저렇게 능숙하지?'

강석우는 눈에 보이는 한시온은 괴팍한 천재가 아니라, 모두를 포용할 줄 아는 천재다.

개인 무대를 꾸밀 때를 보면 전혀 안 그럴 것 같지만, 팀 무대를 꾸밀 때면 화합할 줄 안다.

지금도 회의 주도는 이이온이 하고 있지만, 한시온이 적절히 서포팅을 해 주고 있다.

한데, 갑자기 한시온이 이상한 의견을 내세우기 시작했다.

"이온 형의 회중시계만 색이 달랐으면 좋겠는데요. 우리는 은색, 형은 보라색 정도? 보라색 대신 회색도 괜찮고."

"응? 왜?"

"여기서 이유를 설명하긴 너무 긴데요."

"간단히라도."

"아까 버스 타고 오면서 에디…… 워드의 곡 편곡을 끝냈거든요?"

"어, 정말? 들려줄 수 있어?"

"머릿속으로만 끝냈어요. 아무튼 편곡을 끝내고 보니까 무대 소품으로 회중시계를 써먹었으면 좋겠다는 생각을 했었어요."

"아, 그래서 바로 회중시계를 말했구나?"

"네."

"흠……. 그럼 이거 하나만 물어보자."

이이온이 한시온을 쳐다보더니 물었다.

"힙시온이야, 갓시온이야?"

"네?"

"회중시계 색을 다르게 하고 싶은 게 힙시온인지 갓시온인지 묻는 건데."

"……제 입으로 말하기 좀 그런데."

"갓시온이구나. 오케이. 그럼 받아들일게."

순식간에 의견 조율을 끝낸 세달백일은 곧장 의상을 결정하기 시작했다.

가만히 들어 보니, 그들은 모든 멤버들의 의상을 다르

게 가져갈 생각이었다.

이이온은 산업 혁명 시절 영국의 정장.
구태환은 조선시대의 한복.
최재성은 대한민국 고등학교 교복.
온새미로는 근미래 느낌을 주는 레이싱 슈트.
한시온은 7-80년대 미국의 복고 패션.

정말 천차만별이다.
하지만 디자인이 상이한 만큼 의상에 쓰이는 색감은 완벽히 통일한다.
거기에 똑같은 회중시계를 착용해 통일감을 더해 주고.
시간 여행 컨셉이기 때문에 시대를 특정하지 않으려는 것이었다.
컨셉 자체는 꽤 그럴듯하다.
하지만 실제로 저런 의상을 입으면 난잡해 보이지 않을까?
'아닌가? 색감이 똑같으면 통일감을 줄 수 있으려나?'
강석우 피디는 그런 생각을 했지만 입 밖으로 꺼내진 않았다.
그때쯤 테이크씬이 셀프 의상 시안을 의상팀에 전달했다.

'영화 촬영 중'이라는 팀 컨셉에 잘 어울리는 의상이었다.

"잘 짰네? 옷도 금방 뽑을 수 있겠다. 근데 여기 포인트들은 투머치라서 빼든지 하나로 합치든지 하는 게 어떨까?"

"알겠습니다."

"수정하겠습니다!"

의상팀의 조언을 수용한 테이크씬이 시안을 수정하고 있을 때쯤, 세달백일도 셀프 의상 시안을 완성했다.

세달백일의 시안을 유심히 보던 수석 디자이너가 피식 웃었다.

"아이디어 재밌네. 근데 현실적으로 색감을 완전히 똑같이 가져가긴 힘들걸?"

"그런가요?"

"응. 영국식 클래식 정장과 한복이 어떻게 같은 채도와 명도를 줄 수 있겠어. 청바지랑 교복도 완전히 같은 질감의 블루로 맞추기 힘들 텐데."

오늘 촬영 순서는 잡지에 게재될 버전을 먼저 찍고, 그 사이에 각 팀이 제출한 셀프 의상을 공수해 올 예정이었다.

사실 테이크씬이나 세달백일이 의상의 구체적인 디자인까지 정한 건 아니다.

그럴 능력도 없고, 그럴 필요도 없다.

각 팀이 아이디어 레벨의 시안을 제출하면, 의상 팀이 레퍼런스 삼아 적절한 옷을 픽업해 온다는 개념에 가까웠다.

그러니 세달백일처럼 색감의 통일성을 요구하면 상황이 복잡해질 수밖에 없었다.

전혀 다른 디자인이지만 동일한 색감을 지닌 옷을 몇 시간 만에 구하긴 쉽지 않았다.

그때 한시온이 해결책을 제시했다.

"촬영 후 색감을 보정하면 되지 않을까요?"

"보정?"

"네. 의상을 제작할 수 있다면 정말 좋겠지만, 그럴 여건이 아니니 그 방법밖에 없지 않을까요?"

"흠……. 어려운 건 아니지만 사전에 이야기가 된 게 아니라서."

수석 디자이너가 강석우 피디를 힐끔 쳐다보자, 강석우 피디가 속으로 헛웃음을 지었다.

한시온의 요망한 세 치 혀가 벌써 수석 디자이너를 감아 버렸다.

얼핏 들으면 평범한 대화처럼 들리지만, 한시온은 현 상황의 책임을 전부 제작진에게 떠넘겨 버렸다.

의상을 제작할 수 있다면.

그럴 여건이 아니니.

이 방법뿐이다.

자연스럽게 배치된 문장들이 책임은 전부 너희한테 있지만, 내가 해결책을 제시했다는 맥락을 만들어 낸다.

거기에 휘말린 디자이너는 자연스럽게 '그렇게 해도 되나?'라는 포인트에만 집중했다.

의상 시안 자체의 가부를 논할 생각은 전혀 하지 못한 채 말이다.

사실 이런 건 직급 좀 있는 직장인들이 자연스럽게 구사하는 스킬이긴 하다.

엄청나게 특별한 건 아니다.

하지만 이 말은 곧, 스무 살짜리 가수 지망생이 쓰기에는 어렵다는 소리기도 하다.

'참 희한한 놈이야.'

강석우 피디는 그런 생각을 하며 디자이너에게 고개를 끄덕여 주었다.

동시에 테이크씬 쪽을 쳐다봤다.

세달백일에만 편의를 제공하지 말고, 테이크씬도 색감을 보정해 주라는 뜻으로.

수석 디자이너는 찰떡같이 알아들은 듯했다.

"그래, 그렇게 해 보자. 그러면 컨셉 시안에 어울리는 디자인만 찾으면 되겠네?"

"가능할까요?"

"컨셉이 명확해서 어렵지는 않을 것 같다."

"잘 부탁드립니다!"

"감사합니다!"

원하는 바를 쟁취하자 다시 병아리 행세를 하는 한시온을 보며 강석우 피디가 피식 웃었다.

* * *

셀프 의상이 준비되는 사이, 잡지에 게재될 화보 촬영이 먼저 시작되었다.

오늘 촬영은 A스튜디오에서 테이크씬이, B스튜디오에서 세달백일이 동시에 진행하는 형식이었다.

"자, 단체 컷부터 찍을게요!"

재미있게도 두 팀의 에이스와 구멍은 명확했다.

테이크씬의 에이스는 아이레벨이었다.

테이크씬의 예명은 전부 촬영장 용어인데, 아이레벨은 피사체를 눈높이에서 바라본 앵글을 뜻했다.

아이레벨 앵글은 배우의 연기력에 많은 영향을 받는다.

명배우의 아이레벨 앵글은 안정적이고 편안한 느낌을 주지만, 3류 배우의 아이레벨 앵글은 심심한 느낌 밖에 못준다.

이런 맥락에서 테이크씬의 아이레벨은 명배우의 그것이었다.

다른 멤버들과 똑같은 구도로 똑같은 컷을 받아도 빛이 났으니까.

"나이스! 좀 더 집요하게 노려보면서!"

포토그래퍼도 찍을 맛이 나는지 이런저런 제스쳐를 요구하기 시작했다.

테이크씬의 에이스가 아이레벨이었다면, 구멍은 페이드였다.

"페이드 씨! 눈에 힘 줘요! 아니, 빡 쳐다보라고!"

자신감이 없어 보이고, 잡생각이 많아 보였으니까.

테이크씬 멤버들은 이런 페이드의 모습에 낯섦을 느끼고 있었다.

페이드가 어떤 놈이던가.

가끔은 당황스러울 만큼 직설적이고, 가끔은 불쾌할 만큼 대범하다.

사실 페이드는 데뷔조에서 한번 탈락했다가 결원이 발생해서 복귀한 멤버였다.

보통 이런 경우에는 '탈락했었다'라는 기억 때문에 의

기소침할 확률이 높지만, 페이드는 전혀 아니었다.

오히려 자신이 무너질 뻔한 팀의 구원자라도 되는 듯 자신감 있게 행동했으니까.

물론 페이드의 이런 태도를 좋아하는 팀원도 있었고, 아니꼬워하는 팀원도 있었다.

하지만 페이드가 자신감으로 꽉 차 있는 사람이라는 건 부정하는 이는 없었다.

그런 페이드가 기가 죽어 있다고?

'무슨 일이 있었나?'

'설마 버스에서 한시온이랑?'

아무리 생각해 봐도 버스 때 말고는 별다른 게 없다.

분명 아침까지만 해도 페이드의 컨디션은 좋아 보였으니까.

멤버들의 추측은 사실이었다.

한시온은 페이드의 옆자리에 앉은 것 말고는 별다른 압박을 가하지 않았지만, 그게 오히려 페이드에게 굴욕적으로 다가왔다.

차라리 한시온이 시비를 걸었으면 페이드는 분노했을지언정 좌절하진 않았을 것이었다.

하지만 한시온은 시비를 걸지도 않았고, 어깃장을 놓지도 않았다.

그저 페이드의 옆에 앉아서 가만히 스마트폰 어플로 악

보를 그릴 뿐이었다.

진심으로 페이드 따위는 전혀 신경 쓰지 않는다는 태도였다.

하지만 페이드는 계속 한시온이 신경 쓰였다.

한시온의 생각처럼 페이드는 암묵적인 상하 관계나 보이지 않는 영향력에 민감한 타입이니까.

그 어떤 부분으로 비교해 봐도 한시온에게 비빌 수 없다는 게 그를 괴롭히는 것이었다.

그래서 후회가 됐다.

한시온에게 시비를 걸었던 게.

'……씨발!'

후회를 했다는 사실 자체에 자괴감이 들었다.

이게 페이드의 멘탈을 박살 낸 원인이었다.

"페이드 씨!"

"……죄송합니다."

"탈의실 가서 잠깐 머리 좀 식히고 와요. 지금 다른 생각으로 가득 찬 게 보이니까."

이렇게 페이드가 테이크씬에서 구멍 취급을 받고 있다면, 세달백일에서 구멍 취급을 받고 있는 건 온새미로였다.

"조금 더 환하게 웃을게요. 아니! 진심으로 좀 웃어 봐요!"

다만 페이드와는 결이 달랐다.

자신감이 없다기보다는 어색해 보였다.

무대 위에서는 넘치는 야망과 의욕 때문에 '날 증명하겠다'는 감정까지 가졌지만, 무대 아래에서는 아니었다.

뭘 해도 어색하다.

카메라를 응시해도, 환하게 웃어도, 개구쟁이처럼 뛰어 놀아도.

그에 반해 물 만난 고기처럼 날뛰는 건 한시온이었다.

사실 최재성도 다른 멤버들과 비교하면 굉장히 능숙한 모습을 보여 주고 있었지만, 한시온 때문에 빛이 바랬다.

'와, 얘는 카메라 앞에 서는 게 천직이네.'

'키가 조금만 더 컸으면 모델로도 성공했겠는데?'

대한민국에서 가장 잘 나가는 포토그래퍼들이 이렇게 생각할 정도였으니까.

"한시온 씨, 혹시 아직 성장판 열려 있어요?"

심지어 진짜 아쉬워져서 이런 질문을 던진 이도 있었다.

"글쎄요."

"키가 몇이에요?"

"178입니다."

"좀 더 클 수 없어요? 한 10cm 정도만?"

"2~3cm 정도 크면 끝일 것 같은데요."

사실 한시온의 활약은 당연한 일이었다.

지금껏 그가 찍어 본 화보만 수천 장일 거고, 같이 작업해 본 포토그래퍼만 수백 명일 거다.

심지어 한국이 아니라, 할리우드에서 제일 잘나가는 사람들과 작업을 해 왔다.

능숙해지지 않았다면 그게 이상한 일이다.

그러나 이런 사실을 모르는 주변인은 어이없어하고 있었다.

아무리 생각해 봐도 한시온은 신이 실수로 만든 인간 같다.

말도 안 되는 작곡 능력과 가창력을 줬으면 다른 부분은 좀 부족해야 균형이 맞을 건데…….

도무지 부족한 점을 찾을 수가 없다.

춤도 잘 추고, 외모도 훌륭하고, 말도 잘하고, 카메라 앞에서 끼도 넘친다.

심지어 괴팍한 천재 스타일도 아니라서 팀원들과도 원만하게 지낼 수 있다.

플라워스 블룸의 작곡가가 크리스 에드워드인 것처럼 운까지 따라 주고.

게다가 강석우 피디는 한시온의 사회적 지능이 얼마나 높은지도 알고 있었다.

'진짜 완벽하네.'

가끔씩 이유를 알 수 없는 감정 기복을 겪는 것만 제외하면 무결점이라는 칭호를 붙여도 어색하지 않다.

이런 사람이다 보니, 매번 달라지는 상황 속에서도 모든 스포트라이트를 가져가는 주인공은 여지없이 한시온이었다.

"개인 촬영 들어가겠습니다!"

그때 단체 촬영이 끝나고 한시온의 개인 촬영이 시작되었다.

카메라 앞의 한시온을 멍하니 바라보고 있던 온새미로가 슬그머니 자리에서 일어났다.

포토그래퍼는 두 번째로 예정되어 있던 온새미로의 개인 촬영 순서를 제일 뒤로 미뤘다.

멤버들이 하는 걸 보고 배우라는 뜻이다.

그래서 온새미로가 자리를 떠나도 신경 쓰는 사람은 아무도 없었다.

'어디로 가지.'

온새미로는 제법 넓은 스튜디오를 불청객처럼 살펴보다가 탈의실로 향했다.

테이크쎈과 세달백일만 사용하는 공간이니, 아무도 없을 거라는 확신과 함께.

하지만 안에는 사람이 있었다.

테이크쎈의 페이드였다.

* * *

내 개인 촬영은 예상보다 딜레이가 되어서 끝이 났다.

당연한 이야기지만, 못해서 딜레이된 건 아니다.

너무 잘해 버리니까 포토그래퍼가 작업물의 목표점을 확 올려 버린 탓이었다.

그래도 뭐, 어렵진 않았다.

내가 마신 할리우드 방송국 물이 몇만 리터는 될 텐데.

다만 한 가지 적응이 되지 않는 건, 사람들이 내게 잘생겼다고 하는 것이었다.

물론 나도 내 외모가 괜찮은 편이라는 건 안다.

하지만 이 정도로 미국에서 특별한 취급을 평가받는 건 불가능했다.

'톱스타들 사이에서 그냥 저냥 괜찮은 수준? 근데 넌 분위기가 독특해서 상관없어. 외모도 그 독특함을 강조하는 느낌이고.'

할리우드 스타들이 메이크업에 만 달러 가까이를 지불하는 톱 티어 아티스트가 내게 한 말이었으니까.

빙빙 돌려 말하긴 했지만, 아마 무난하게 생겼다는 뜻이었을 거다.

인종의 낯섦을 뛰어넘으려면 이이온 정도는 돼야 하지 않을까?

아무튼 수십 회차 동안 저런 평가만 받다가 난데없이 극찬을 받으니까 좀 민망했다.
난 그런 생각을 하며 탈의실로 쪽으로 걸음을 옮겼다.
온새미로가 탈의실 쪽으로 향하는 걸 봤는데, 그 뒤로 계속 모습을 보이지 않아서.
혹시 포토그래퍼한테 지적받고 탈의실에 숨었다가 본인도 모르게 잠든 건 아니겠지?
자면 붓는데.
그런 생각을 하며 탈의실 문을 노크하려는데, 안에서 목소리가 들려왔다.
대화 내용이 또렷하게 들리진 않았다.
하지만 방음을 위해 만들어진 문이 아닌지라, 귀를 기울이니 얼추 내용을 짐작할 순 있었다.
그리곤 어이가 없어졌다.
페이드가 원색적인 단어로 온새미로를 욕하고 있었으니까.
온새미로와 페이드가 단순한 싸움을 벌이는 거라면 못 본 척 넘어갈 생각이었다.
나도 얼마 전에 페이드와 싸웠는데, 온새미로라고 못할 이유는 없으니까.
하지만 아무리 봐도 이건 싸우는 게 아닌 것 같다.
페이드가 일방적인 비난을 퍼붓고 있다.

게다가 비난의 내용이 꽤 마음에 안 든다.

조용히 문을 열고 들어가자, 문 쪽을 바라보고 서 있던 온새미로의 눈이 커졌다.

하지만 문을 등진 페이드는 내 등장을 알아차리지 못한 채 폭언을 이어 가고 있었다.

"거지새끼라서 자존심도 없냐? 계속 따까리나 하겠다고?"

솔직히 좀 의아하다.

페이드는 비겁하고 저열한 놈이지만, 멍청하진 않다.

외부인이 운영하는 포토 스튜디오에서 저딴 소리를 할 만큼 생각이 없지도 않고.

물론 탈의실에는 거치 카메라가 없고, 두 사람은 화보 촬영 때문에 마이크를 착용하지 않은 상태다.

하지만 탈의실 쪽으로 지향성을 잡고 있는 붐마이크가 없다고 확신할 수 있나?

단 한 대라도 있으면 소리가 들어갈 텐데?

대체 무슨 생각이지?

그때, 뒤에서도 보일 만큼 시뻘게진 페이드의 목이 눈에 들어왔다.

그 순간 깨달았다.

페이드는 어떤 의도를 가지고 행동하고 있는 게 아니다.

그냥 멘탈이 나간 거다.

멘탈이 나가서 막무가내로 행동하며 분노를 토해 내고 있는 거다.

설마 버스에서 받은 압박 때문일까?

3년 뒤의 페이드에겐 적절한 압박이었겠지만, 지금 시점에서는 아니었나?

그런 생각을 하고 있는데, 점점 감정이 요동치는 게 느껴졌다.

페이드나 온새미로의 감정에 대해서 이야기하는 게 아니다.

내 감정이다.

그래, 좀 더 솔직해지자.

이 빌어먹을 아이돌에 다시 도전하기로 했을 때, 난 아무 것도 기억나지 않는 척을 했다.

실제로도 많이 잊었다고 생각했고.

하지만 이제는 안다.

난 잊었던 게 아니라 묻어 놨을 뿐이다.

그리고 그 기억들은 계기만 생겨나면 불쑥불쑥 떠오른다.

"사람들이 우리 네 명의 말을 믿어 줄까? 아니면 너 한 명의 말을 믿어 줄까?"

"우리한테 불쌍하다던데? 한시온과 따가리들이라고."

"천재 주걱에 묻은 밥풀 좀 뜯어먹는 게 그렇게 아니꼬웠어?"

그래서 우두커니 서 있는 온새미로 위로 내 모습이 오버랩됐다.

포더유스 멤버들이 던진 비난에 상처받던 내가 떠오른다.

누구에게도 위로받지 못하고 스러졌던 그때의 내가 스쳐 지나간다.

하지만 지금 난 7회차의 한시온이 아니라 훨씬 냉정해진 수십 회차의 회귀자다.

감정이 요동치더라도 이성적인 판단을 할 수 있다.

그래서 생각했다.

내가 여기서 어디까지 행동할 수 있을까?

어떤 행동까지가 무난히 수습할 수 있는 마지노선일까?

아마…….

여기까지겠지.

뒤에서 페이드의 오금을 걷어찼다.

퍽!

부지불식간에 당한 폭력에 페이드가 쓰러지는 게 보인다.

놈이 소리를 지르려고 하자, 발로 목을 짓눌렀다.
컥컥거리는 숨소리가 나쁘지 않다.
"잘 생각해. 소리 지르면 끝까지 가는 거야. 네가 한 짓도, 내가 한 짓도."
페이드의 눈을 가만히 바라보다가 천천히 뒤로 물러났다.
목을 움켜쥔 페이드는 소리를 지르지 않았다.
대신 당황과 분노, 두려움이 섞인 눈으로 나를 노려보고 있었다.
딱히 온새미로를 구하기 위해서 한 행동은 아니다.
그보다는 온새미로와 겹쳐 보이는 과거의 날 위한 행동이었지.
하지만 돌이켜 보면, 그 시절의 나는 단 한 명이라도 이렇게 말해 주기를 바랐던 것 같다.
"우리 멤버 건드리지 마."

* * *

잡지 게재용 화보 촬영이 끝났을 때, 타이밍 좋게 세달백일의 셀프 의상이 스튜디오에 도착했다.
통일성 있는 복장이라 공수하기 쉬웠던 테이크씬은 이미 촬영에 들어갔으니, 시간이 별로 없었다.

"시온이는 이 청바지에 이 티셔츠로 하자. 벨트는……이거. 괜찮지?"

"80년대 미국이면 한 치수 작은 걸 입는 게 맞지 않을까요?"

"리얼리즘만 따지면 그렇긴 한데. 이게 더 예쁘잖아?"

"그런 이유라면 오더에 따르겠습니다."

"근데 너 미국 패션 좀 아니? 시안에 적어 놓은 브랜드가 꽤 적절하던데?"

"영화에서 좀 봤습니다."

의상을 구해 왔다고 해서 딱 한 세트만 구해 온 게 아니라, 비슷한 느낌의 디자인으로 여러 벌을 구해 왔다.

그렇기 때문에 현장에서 어떤 의상을 입을지를 결정하는 시간이 필요했다.

그 과정 중에서 구태환이 꽤 괜찮은 아이디어를 떠올리기도 했다.

"디자이너님, 제 신발은 그냥 이걸로 가면 안 될까요?"

"한복에 나이키를 신겠다고?"

"갑자기 든 생각인데, 꼭 모든 걸 준비한 시간 여행은 아닐 수도 있지 않을까요? 옷은 준비했지만, 고무신을 깜빡해 버렸다든지."

"그런 건 모르겠고, 아이템 조합이 예쁜지를 봐야지. 저 한복으로 갈아입고 나와 봐."

그렇게 말한 디자이너는 팔짱을 끼고 있었지만, 막상 구태환이 등장하자 팔짱을 스르륵 풀었다.

한복에 운동화가 언밸런스하면서도 묘한 세련됨을 만들어 냈기 때문이다.

그렇게 모든 멤버들의 의상 선택이 완료되고, 세달백일의 촬영이 시작되었다.

솔직히 팀 화보의 느낌은 전혀 들지 않았다.

촬영이 끝나고 색감을 보정하면 어떻게 될지 모르겠지만, 현재로서는 기본적인 보색조차 맞추지 않은 쓰레기 조합이었다.

심지어 상의와 하의의 컬러 조합조차 맞지 않는 멤버도 있었다.

어차피 색 보정을 할 거라는 생각에 디자인만으로 의상을 선택했으니까.

"어우, 씨."

전문 포토그래퍼들에겐 불쾌한 골짜기의 향연과 다를 바가 없었다.

하지만 개인 컷으로 들어가자 느낌이 사뭇 달랐다.

"이야, 잘생겼다!"

카메라 앞이라서 일부러 끌어올린 텐션이지만, 실제로도 이이온은 잘생겼다.

산업 혁명 시절 영국 신사가 입었을 정장에 영자 신문

을 들고 있는데, 상당히 근사하다.

　정장 색과 구두 색이 끔찍한 부조화를 이루고 있는데도 말이다.

　이이온 다음으로 촬영에 들어간 구태환은 마스크가 주는 느낌이 꽤 매력적이었다.

　이이온만큼 잘생긴 건 아니지만, 양아치 같은 인상과 한복이 어우러지니 묘한 매력을 준다.

　한복 아래로 삐죽 삐져나온 운동화가 그 매력을 강조하는 듯했고.

　교복에 백팩을 맨 최재성은 청량했고, 복고 패션을 입은 한시온은 힙했다.

　한시온에게 우울한 분위기를 요구해 봤는데, 너무 압도적이라서 깜짝 놀라기도 했다.

　새하얀 얼굴로 그런 분위기를 내니, 낯선 시간에 떨어진 이방인 같은 느낌이 확 살았다.

　마지막으로 가장 난관이 될 것 같던 온새미로는…….

　'잘하네?'

　갑자기 꽤 괜찮다.

　한시온이나 최재성만큼 능숙한 건 아니고, 이이온이나 구태환처럼 비주얼이 팍 박히는 건 아니다.

　하지만 앞선 촬영과 비교하면 천지가 개벽할 정도로 좋아졌다.

"이야, 좋다! 잘하네!"

게다가 의상이 꽤 느낌 있다.

근 미래 느낌을 주는 레이싱 슈트에 칼질을 해서 닳아진 느낌을 연출했고, 슈트에 달린 배지나 악세사리를 불로 그을려 놨다.

유일하게 새것처럼 빛나는 건, 허리춤의 은색 회중시계뿐이었다.

"오케이! 컷!"

그렇게 모든 촬영이 완료되었다.

이제 스튜디오 내부 평가로 오늘 화보 촬영의 순위가 결정될 시간이었다.

"이렇게는 당연하지?"

"그죠."

"나도 동의."

한시온-아이레벨-최재성-레디-이이온 순서로 결정된 1~5위까지는 모두 이견이 없다.

6위부터 10위를 결정하는 데 시간이 제법 걸렸는데, 결과적으로는.

6위 씨유
7위 구태환
8위 온새미로

9위 주연

10위 페이드

이런 결과였다.

그 뒤로 두 팀이 순위에 따라 무대 장치를 선택하는 시간을 가지며, 화보 촬영 미션이 끝이 났다.

하지만 이게 오늘 촬영의 끝은 아니었다.

* * *

화보 촬영 이후 LB 스튜디오에서 편곡과 관련된 촬영을 진행할 예정이었다.

한데 스튜디오에 도착하니…….

"왔니?"

"……."

이현석이 스마트폰을 매달아 놓은 거치대를 들고 수줍은 얼굴로 다가온다.

"시온아 혹시 괜찮다면 시청자들에게 아주 짧은 인사 한마디만 해 줄 수 있겠니? 정말 짧아도 돼."

"……라이브 중이신 건 아니죠?"

"아냐. 동영상 녹화하는 거야. 혹시 지금 피곤하면 쉬는 시간에 녹화해도 되는데."

"그냥 지금 할게요."

"아이고, 영상 후원 고마워!"

뭐지.

어쩌다 저렇게 된 거지.

개인 방송을 열심히 한다고는 들었는데, 이 정도 열정인지는 몰랐다.

그래도 뭐, 흔쾌히 동영상 촬영에 임해 주었다.

이현석 대표에게는 나름 고마운 부분이 많다.

커밍업 넥스트에 추천을 해 준 것보다 전담 스튜디오 자리를 꿰차 준 게 더 고맙다.

덕분에 아무런 기싸움도 하지 않고 내가 원하는 음악으로 무대를 채울 수 있었다.

엠쇼 산하의 레이블이 전담 스튜디오였다면, 내 음악에 이런저런 간섭을 했을 확률이 높다.

뿐만 아니라 조기정을 직접 섭외해서 가로등 아래서의 리믹스를 따오기도 했고, 드럼을 치며 즉흥 연주를 도와주기도 했다.

심지어 아무 때나 스튜디오를 써도 된다고 내 지문을 출입 등록해 주기도 했다.

아무리 음악이 마음에 들었다고 하나, 이 정도까지 하는 사람은 드물다.

그래서 흔쾌히 영상 촬영을 해 주는 거다.

"지금까지 보내 주신 성원에 감사드리며, 앞으로 더 좋은 무대로 보답하겠습니다. 감사합니다."

"시온아 볼콕! 볼콕!"

"볼콕?"

"시청자 미션이었어! 한 번만!"

아니, 그러니까 볼콕이 뭔데.

잭콕은 아는데.

아, 볼을 콕 찌르는 애교를 말하는 건가?

미안하지만 그건 해 줄 수가 없다.

이래뵈도 내가 마초의 나라 미국에서 건너온 유서 깊은 아메리칸이라서.

대신 손 하트는 해 줬다.

이건 지난 생에서도 많이 한 거다.

하지만 애석하게도 이 영상이 이현석의 방송에 송출되는 일은 없었다.

영상 촬영에 모든 힘을 쏟아부은 이현석은 다가온 강석우 피디에게 거짓말처럼 참패했거든.

"아니, 대표님!"

잔소리와 함께 영상을 압수당했다는 소리다.

그 모습을 보고 있던 구태환이 다가와 속삭였다.

"재미있는 분이네."

"나도 잘 모르겠다. 뭐 하는 사람인지."

"여기가 LB 스튜디오구나? 시온이는 종종 작업하러 왔다고 했지?"

"숙소 들어가기 전에는 좀 왔죠."

오늘 스튜디오에는 나 혼자 온 게 아니라, 멤버들도 함께 왔다.

편곡 작업에 대한 팀원들의 리액션까지 함께 찍을 거라면서.

다만 최재성은 미성년자라서 야간 촬영을 못하고 귀가 조치를 당했다.

좀 웃기긴 하다.

1박 3일 B팀 선발전 때는 부모님 동의서 한 장으로 대충 비비더니 이제 와서?

프로그램이 유명해지니까 몸을 사리는 건가.

"……."

그런 생각을 하다가 온새미로와 눈이 마주쳤는데, 황급히 시선을 돌린다.

녹음실 귀신이야, 뭐야.

"카메라 세팅은 다 끝내 놨으니까 들어가서 작업하면 돼요. 거치 카메라가 많지만, 거치 카메라밖에 없으니 자연스럽게 부탁해요."

"네. 또 유의할 사항 있을까요?"

"없어요. 그냥 들어가서 진짜 편곡 작업을 하면 돼요."

"알겠습니다."

그렇게 우리 넷은 LB 스튜디오에서 가장 좋은 방으로 들어갔다.

내가 프로듀서석에 앉고 나머지 셋이 소파에 앉는다.

"와, 여기 좋다."

"그러니까요. 어디 뮤직비디오에서 봤던 거 같은데?"

"이 정도 스튜디오면 장소 협찬도 막 하지 않을까?"

잠깐의 잡담 뒤로 이이온이 질문을 던졌다.

"시온아. 아까 화보 촬영 할 때 그랬잖아. 편곡은 머릿속으로 다 끝내 놨다고."

"네."

"그럼 이제 한번 들어 볼까? 왜 내 회중시계만 색이 달라야 했던 거야?"

"음……. 제가 고민을 좀 해 봤어요. 이온 형의 음색을 어떻게 쓰면 좋을지. 그러다가 컨셉에 대한 생각이 들었죠."

"시간 여행?"

"네. 전 원래 컨셉이 큰 의미가 없다고 생각했는데, 서울 타운 펑크 때는 아니었거든요."

시간 여행이라는 컨셉이 없었다면 전통 악기를 쓸 생각을 못했을 거다.

뿐만 아니라, 컨셉 덕분에 전통 악기 소리가 더 큰 생명력을 얻기도 했다.

이 말은 곧, 방향성만 잘 잡는다면 컨셉이 노래를 즐기는 데 도움을 줄 수도 있다는 소리다.

"형 음색은 누군가랑 안 어울리거든요? 그러니 애초에 어울리면 안 되는 역할이면 어떨까 싶어서요."

"그게 무슨 소리야?"

내가 생각한 해결책은 간단했다.

"형은 빌런이에요. 세달백일의 시간 여행을 막고 싶어 하는."

모든 멤버들은 내 말을 단번에 이해한 듯했다.

아, 최재성이 없으니까 모든 멤버는 아니군.

아무튼 가장 먼저 입을 연 것은 온새미로였다.

"그럼 서울 타운 펑크는 어떻게 되는 거야? 거기서는 다섯 명이 다 함께 노래를 했잖아. 설정 충돌 아니야?"

"글쎄? 자세한 건 생각을 안 해 봤는데. 그냥 배신자라고 하면 되지 않아?"

"배신자보다 위선자는 어때? 그동안은 친구인 척을 한 거지. 시간 여행을 독점하고 싶은 마음을 숨기며."

끼어든 구태환의 말에 어깨를 으쓱했다.

영화 대본을 쓰는 것도 아닌데 그렇게 디테일할 필요가 있나?

어차피 무대에서 보여 줄 수 있는 건 한정적일 텐데.

하지만 부정적인 말을 하진 않았다.

처음엔 컨셉도 쓸모없다고 생각했지만, 아니었으니까.

이런 것도 배워 두면 쓸모가 있을지 모른다.

"뭐가 됐든지 이온 형이 미묘하게 안 어울리는 거에 대한 정당성을 부여하면 어떨까 싶어서."

내 말이 끝나자 한참을 고민하던 이이온이 말했다.

"근데 시온아."

"네."

"모든 무대를 계속 그런 식으로 꾸밀 수는 없지 않아?"

이이온의 말이 맞다.

이런 트릭은 지속적으로 써먹을 수 있는 건 아니다.

게다가 지금은 커밍업 넥스트란 방송을 통해서 무대 장치를 직접 설명할 수가 있으니까.

하지만……

"이온 형, 저희는 계속 무대를 꾸미지 않아요."

이이온의 말은 틀렸다.

"앞으로 남은 무대는 3개뿐이에요."

어쩌면 2개일 수도 있다.

커밍업 넥스트는 10부 편성이고, 현재까지 2회가 방송되었다.

내일 3회가 방송될 예정이고.

한데 방송에서는 아직 B팀 선발전조차 완료되지 않았다.

방송될 게 너무 많다.

테이크씬과 처음으로 만났던 노래방 미션.

가로등 아래서 리믹스를 불렀던 포지션 배틀.

서울타운 펑크를 부른 자체 제작 미션까지.

거기에 크리스 에드워드라는 핫한 이슈가 합류했고, 크리스 에드워드의 곡을 편곡하는 미션도 해야 한다.

그 외에도 자잘하게는 숙소에 입주해서 벌인 미니 게임이나, 개인 컷들이 있을 거다.

이 모든 걸 방송하려면 애초에 공지했던 5번의 무대가 아닌, 4번의 무대만 하고 프로그램이 끝날 확률도 꽤 높다.

"그렇게 되면 저희한테 남은 무대는 2개뿐이에요. 그 후에 세달백일은 해체죠."

"하지만 우리가 다 함께 라이언 엔터에서 데뷔를 할 수도 있잖아?"

"아뇨. 제가 라이언에 남는 일은 없어요. 무조건 올해 안에 데뷔할 겁니다."

라이언이 세달백일을 올해 안에 데뷔시켜 줄 리는 없다.

나도 이제 아이돌판에 대해서 어느 정도 감을 잡았다.

회사는 하나의 아이돌 그룹에 어마어마한 돈을 투자하고, 그걸 회수하기 위해서 모든 역량을 기울인다.

그러니 한동안 라이언은 테이크썬의 성공에 모든 걸 걸어야 한다.

세달백일을 데뷔시켜 줄 이유도, 여유도 없다는 뜻이다.

물론 커밍업 넥스트라는 프로그램이 히트를 쳤으니, 조금 빠르게 데뷔시켜 줄 가능성이 있긴 하다.

하지만 그래 봐야 내년 말일 거다.

지금이 4월이니 내년 10월에 데뷔한다고 해도 18개월 가까이를 기다려야 하는 셈이다.

실제로는 이거보다 훨씬 많은 시간이 필요할 확률이 높고.

난 그렇게 긴 시간을 버틸 자신이 없다.

어느 날 회귀를 해 버릴 거다.

지금까지 이뤄 놓은 모든 것을 제로로 만들며.

물론 이런 사정을 팀원들에게 말할 수는 없었다.

빨리 데뷔를 하고 싶다는 말밖에 할 수 없으니, 팀원들이 서운함을 느껴도 할 말이 없…….

뭐야, 다들 표정이 왜 이래.

"부모님 때문에?"

"……그런 셈이죠."

"그래. 그런 거라면 어쩔 수 없네."

이걸 공감해 준다고?

저번에 나눈 대화 때문인가?

"시온아. 혹시 부모님이 병원에서 네 노래를 들으실 수 있게 여기 출연한 거야?"
"그런 셈이죠. 그래서 가급적 빠르게 데뷔를 하고 싶기도 해요."

하지만 냉정하게 따지면 이건 사실 관계 따윈 없는 막연한 소망이잖아?
부모님이 병실에서 내 노래를 듣는다고 깨어나는 것도 아닌데.
내가 악마와 계약을 했다는 걸 모른 채로 공감을 할 수가 있나?
잠깐 혼란스러웠지만 고개만 끄덕였다.
알아서 공감을 해 준다는데 산통을 깰 필요는 없으니까.
"근데 시온아."
"네."
"그러면 내가 만일 다른 그룹에 가면 어떻게 되는 거야?"
"뭐가요?"
"아니. 음색이 어울리지 않는 게 세달백일에서만은 아

닐 거 아냐."

"아, 그거요? 상관없을 걸요?"

"왜?"

"지금까지 심사위원들이 음색에 대해서 지적한 적 있어요?"

"……아니?"

내가 이이온의 음색에 불편함을 느끼는 건, 강박 때문이다.

피지컬 앨범 판매 2억장이라는 말도 안 되는 목표를 노리다 보니, 조금이라도 불안 요소가 있으면 기피하게 된 것이었다.

아마 다른 제작자는 별다른 불만을 가지지 않을 확률이 높다.

아니면 약간의 아쉬움은 갖더라도, 외모나 실력적인 장점이 그 단점을 충분히 커버하고 있다고 생각할 수도 있고.

정 급하면 레코딩은 믹싱으로 커버 치고, 라이브에는 AR 깔 수도 있는 게 아닌가?

즉 나는 완전무결한 팀을 목표하기에 이이온을 기피하지만, 적당한 고점을 노리는 팀에게는 별 상관이 없다는 이야기였다.

"그러니까 너무 걱정할 필요 없어요."

생각해 보니까 이 이야기를 먼저 해 줬어야 했을 것 같다.

이이온 입장에서는 자신의 단점이 꽤 크게 와닿았을 거니까.

이제 좀 안심을 하려나?

한데, 이이온이 보인 반응은 내 생각과는 전혀 달랐다.

"그건 좀 아쉽네."

"뭐가요?"

"내가 다른 팀으로 가면 최선을 다할 수 없다는 이야기잖아. 문제로 인식조차 안 될 거니까."

"……."

맞는 말이긴 하다.

이이온이 본인이 가진 포텐셜의 100%를 뽐내고 싶다면 어쭙잖은 팀에서는 불가능하다.

하지만 보통은 그렇게까지 간절하지 않다.

몇 번의 성공을 맛보고 나면 간절함 대신 안락함을 추구하는 게 사람이니까.

그게 나쁜 것도 아니지.

아마 이이온도 지금은 말을 저렇게 해도 나중에는 변할 것이다.

"뭐, 중요한 건 지금 최선을 다하는 거니까."

"맞습니다."

"그래. 빌런 한번 해 볼게. 내가 또 학교 다닐 때 친구들한테 빌런 취급 많이 당했었거든."

"왜요?"

"나랑 같이 다니면 본인들 연애 사업이 망한다고."

평소 침착한 구태환이 입을 쩍 벌리는 진귀한 광경을 보며 피식 웃었다.

그래, 이이온의 말이 맞다.

지금 당장 최선을 다해야지.

"제가 편곡할 크리스 에드워드의 노래는 〈Highway〉로 정했어요."

"아, 그 노래 좋지."

"나도 좋아."

〈Highway〉는 크리스 에드워드가 작곡하고 R&B스타 Lazy Boy가 부른 노래다.

아, 생각해 보니 구태환이 레이지 보이의 노래를 불렀었구나.

B팀 선발전에서 내 조언을 받고 불렀던 〈Slow Down〉이 레이지 보이의 노래니까.

아무튼 하이웨이는 2016년에 발매됐는데, 발매 당시에는 약간의 논란이 있었다.

그동안 소울과 결합한 컨템포러리 R&B로 인기를 얻었던 레이지 보이가 처음으로 발매한 R&B 댄스곡이었으니까.

그래서 레이지 보이가 뮤직 비디오에서 춤을 추기도 한다.

꽤 잘 추긴 했는데, 뭔가 평소의 이미지랑 달라서 어색하긴 했다.

지가 어셔나 크리스 브라운도 아니고.

아무튼 그래서 기존의 팬들에게는 외면당한 곡이었는데, 의외로 레이지 보이를 안 좋아하던 이들에게 큰 사랑을 받았다.

덕분에 빌보드 Hot 200에서 9위까지 오르기도 했고.

하지만 애초에 난 이 노래가 잘못 기획되었다고 생각한다.

차라리 대놓고 모타운 장르를 표방했어야 한다.

어차피 모타운이나 컨템포러리 R&B나 같은 나무에서 열린 과일이니까.

"시온아, 무슨 말인지 전혀 모르겠다."

"아, 괜찮아요. 사운드 들으면 대충 알 거예요."

가수에게 꼭 음악에 대한 장르적 지식이 있을 필요는 없다.

어차피 2020년대로 넘어가면 음악 장르의 구분이 점점 흐려지기도 한다.

흑인이 부르면 전부 R&B로 분류하는 거냐고 대놓고 불만을 표하는 가수들도 생겨나고.

그쯤부터 그냥 특정 장르를 기반으로 한 이지 리스닝곡으로 전부 퉁쳐 버리기도 한다.

"작업 시작할게요."

어차피 머릿속으로 편곡을 끝내 놔서 시간이 오래 걸리진 않을 거다.

5시간 정도면 되려나?

* * *

작업이 절반쯤 됐을 때 멤버들을 먼저 퇴근시켰다.

"너 혼자 작업하는 건 좀……."

"이 정도면 리액션 분량은 다 나왔어요. 나머지는 혼자 하는 게 더 편해요."

연주 세션을 찍을 때야 멤버들이 리액션 할 만한 게 있겠지만, 지금부터는 없다.

그냥 더 좋은 소리를 만들기 위해 다듬고 만지는 과정 밖에 안 남았으니까.

어차피 소파에 앉아서 불편하게 졸 건데, 그럴 바에는 침대로 가서 자는 게 낫잖아?

그렇게 멤버들을 방송국에서 잡아 준 숙소로 보내고는 다시 작업에 몰두했다.

얼마의 시간이 흘렀을까?

집중 상태에서 깨어난 김에 자리에서 일어났다.

커피라도 한 잔 마시려고.

한데, 휴게실에 의외의 인물이 날 기다리고 있었다.

온새미로였다.

"뭐야? 안 갔어?"

"갔다가 왔어."

"왜?"

"물어볼 게 있어서."

내가 페이드를 때린 게 불안한 건가?

하긴. 나야 문제가 안 될 선을 계산하고 때린 거지만, 얘 입장에서는 불안할 수도 있을 것 같다.

아니나 다를까, 온새미로의 질문 주제는 페이드였다.

"페이드는 왜 때렸어?"

"그냥. 맞을 만했잖아?"

하지만 이어진 질문은 정말 의외였다.

"네 고모부는 가만히 놔뒀잖아."

"뭐?"

"그 사람도 때렸어야 하는 거 아냐?"

무슨 소리를 하는 거지.

두 케이스는 완전 다르다.

페이드를 때린 건 밝혀지지 않을 확률이 높으면서, 밝혀져도 수습할 자신이 있는 일이라서다.

페이드가 먼저 온새미로를 욕하고 있었으니까, 과한 우정 정도로 뭉개고 내부에서 쉬쉬하며 넘어갈 수 있다.

게다가 페이드 쪽도 나한테 맞은 게 동네방네 소문나서

좋을 게 없다.

하지만 큰고모부를 때리게 되면 팩트가 와전될 가능성이 크다.

아무리 먼저 진상을 피웠다고는 해도, 아이돌 지망생이 일반인을 폭행한 거니까.

자칫 자극적인 타이틀만 신나게 박힌 인터넷 뉴스를 양산할 수 있다.

"다르지."

"뭐가?"

"수습이 되냐, 안 되냐의 문제니까."

"그런 상황에서 그걸 따질 수 있다고?"

잠깐만.

온새미로는 혹시 내가 화가 나서 페이드를 때렸다고 생각하는 건가?

생각해 보니까 얘 입장에서는 충분히 그렇게 여겨질 법하다.

하지만 그런 거라면 고맙다고 하면 될······.

"고마워."

마침 고맙다고 하네.

"어차피 때려 보고 싶었던 놈이었어. 크게 고마워할 필요는 없고, 조금만 해."

적당한 농담을 던지고 대화를 끝내려고 했는데, 온새미

로가 날 가만히 쳐다보다가 입을 열었다.

"궁금한 게 있어."

그 순간, 어떤 느낌이 들었다.

아니, 확신이 들었다.

난 아주 오랜 시간을 살아오면서 수많은 사람과 조우했다.

덕분에 구체적인 의도를 가지고 사람을 대하는 일에 능숙했다.

강석우 피디를 내 편으로 만들었던 것처럼, 페이드를 사과하게 만들었던 것처럼.

그에 반해서 일상적인 대화에는 핀트를 못 잡을 때도 많다.

평범한 대화로 시간을 죽이는 잡담, 사담, 아이스 브레이킹.

아무 의도가 없는 대화는 종종 날 둔감한 사람처럼 보이게 만든다.

그럼에도 불구하고 내가 타인의 감정에 대해서 확신을 가질 때가 있는데…….

그건 상대가 절망했을 때다.

온새미로가 말했다.

"내가 널 이길 수 있을까?"

* * *

온새미로가 처음으로 '다름'에 대해서 깨달았던 건 초등학교 때였다.

조금 더 커서 생각해 보니, 그 다름은 '계급'이었다.

"이번 여름에 부산 간댔어!"

"난 일본 가지롱!"

"거긴 겨울에 다녀왔거든!"

세상에는 두 부류의 사람들이 있었다.

방학이면 가족끼리 여행을 가는 이들과 가지 않는 이들.

온새미로는 그게 의아해서 부모님에게 여행을 가자고 말했다가 싸늘한 얼굴로 뱉는 욕을 맞이해야 했다.

그리곤 정확히 알게 되었다.

여행을 가는 이들과 가지 않는 이들이 있는 게 아니다.

여행을 갈 수 있는 이들과 갈 수 없는 이들로 나뉘는 거다.

그리고 온새미로의 집은 명백히 후자였다.

지독하게 가난했으니까.

그 뒤의 일들은 딱히 생각하고 싶지 않다.

집안의 가난은 10대 소년이 극복할 수 있는 문제가 아니었으니, 나이가 들어도 변하는 건 아무 것도 없었다.

유일하게 변한 거라고는 어느 순간부터 온새미로도 가난이란 밑 빠진 독에 물을 붓는 사람이 되었다는 것이었다.

공부는커녕 아르바이트를 전전하기 급급했다.

'가진 게 아무 것도 없다.'

온새미로는 늘 그렇게 생각했다.

가난하고, 못 배웠고, 가족의 사랑도 없었다.

학창시절에는 외모로 자존감을 채우던 시기도 있었으나, 그것도 금방 끝나 버렸다.

공사판에서 일을 하다 보면 저절로 알게 되는 부분이 있다.

일을 하다가 사고로 얼굴을 갈아 버렸든, 끝없는 불행에 젊음을 잃어버렸든, 절망해서 생기를 날려 버렸든.

외모는 그리 오래 가지 않는다는 걸.

그래서 공사판 인부들이 종종 '나도 젊었을 땐 너처럼 잘생겼었는데.'라는 말을 하면 속으로 비웃곤 했다.

그게 당신들의 계급에 아무런 변화도 주지 못했는데, 대체 왜 부러워하는 거냐고.

그런 온새미로가 뒤늦게 깨달은 본인의 재능이 있었다.

바로, 노래였다.

전혀 몰랐지만, 그에겐 주어진 불행의 크기만큼의 노래

재능이 있었다.

그때부터 가수가 되고 싶었다.

노래를 부르는 게 간절하다기보다는, 어떻게든 여기를 탈출하고 싶었다.

기획사의 연습생 오디션에 통과하는 건 그리 어렵지 않았다.

까무잡잡하게 타긴 했지만, 괜찮은 얼굴에 훌륭한 노래 실력을 가지고 있었으니까.

하지만 적당한 가난은 신데렐라 스토리의 양념이지만, 지독한 가난은 신데렐라 배역을 박탈시킨다.

아르바이트를 하다가 연습에 불참하고, 땡볕 아래에서 막노동을 하다가 소속사에서 잘렸다.

태도 불량이라는 네 글자로.

억울했다.

정말 자신의 태도가 불량했으면 비싼 돈을 들여서 선크림을 사진 않았을 거니까.

그걸 걸려서 부모님에게 욕을 먹으면서도 몰래 바르진 않았을 거니까.

그게 자신이 할 수 있는 유일한 관리였으니까.

이런 일이 몇 번이나 반복됐을 때, 온새미로에게 남은 거라고는 새롭게 배운 노래 몇 곡과 출 수 있는 안무 몇 개밖에 없었다.

그때쯤 커밍업 넥스트에 대해 알게 됐고, 오디션을 봤다.

놀랍게도 합격했다.

물론 작가는 자신의 노래 실력보다 불행에 더 관심이 많았지만, 상관없었다.

테이크씬을 데뷔시키기 위한 프로그램이고, B팀의 참가자들은 시청률의 불쏘시개로 쓰일 거지만, 상관없었다.

출연료를 받을 거니까.

하지만 생각보다 방송국 출연료는 적었고, 그 정도로 생활은 불가능했다.

결국 똑같은 일의 반복이라고 생각했을 때, 강석우 피디가 자비를 베풀었다.

우린 당신을 B팀의 메인 참가자로 생각한다.

출연료를 원하는 만큼 가불해 줄 테니까, 일단 출연을 확정 짓자.

그렇게 온새미로는 커밍업 넥스트에 합류했고, 난생 처음으로 미래에 대한 기대를 품었다.

앞으로의 인생이 달라질 것 같아서.

하지만 그때.

한시온이 나타났다.

한시온의 노래를 듣고, 처음 든 생각은 억울하다는 것

이었다.

 대체 어떤 삶을 살았길래 저런 걸 쉽게 해낼 수 있을까?

 삶의 어려움 따위 겪은 적 없었고, 음악만을 위해 살아왔을까?

"연습생 아니라고 했잖아요. 어디 기획사에 들어가 있지도 않고."
"네."
"하루에 노래 연습을 얼마나 해요?"
"여덟 시간쯤 되는 거 같은데요."

 처음엔 그럴 수도 있다고 생각했다.

 그리고 부단히 노력하면 따라잡을 수 있을 거라고 생각했다.

 불행의 크기와 비례해서 재능이 찾아온다면, 자신이 한시온보다 못할 리가 없으니까.

 그래서 〈가로등 아래서〉를 듣고 이현석의 〈칫솔〉을 불렀다.

 결이 비슷한 노래니까.

 하지만 완패했다.

 더 패배한 것보다 더 당황스러운 건, 한시온은 자신에

게 아무런 감정이 없다는 것이었다.

　경쟁의식조차 없었다.

"왜요?"
"노래 잘하잖아요?"
"그쪽이…… 더 잘하잖아요."
"누가 그래요? 우리가 같은 곡을 불러 본 것도 아닌데."

　그렇지 않았으면 그리 쉽게 메인보컬을 양보했을 리가 없었다.
　그 뒤로 온새미로는 한시온에게 경쟁의식을 품었지만, 여전히 경쟁은 성사되지 않았다.

"욕심을 냈으면?"
"경쟁했겠지. 우리 둘이."
"결과는 어떻게 됐을 거 같은데?"
"너한테 졌겠지."
"그럼 잘된 거 아니야? 메인보컬을 지켰잖아?"
"대신 난 경쟁조차 못하고 졌지."

　한시온은 너무 높은 곳에 있었고, 자신을 내려다보지도 않았다.

심지어 자신에게 유일한 기회였던 〈커밍업 넥스트〉조차 한시온에게는 별게 아닌 것 같았다.

"혹시 하차해도 상관없다고 생각하는 거야?"
"그렇진 않은데? 왜?"
"세상일은 모르는 거잖아. 확률이 100%도 아닌데 별로 신경을 안 쓰는 거 같아서."
"난 100%라고 믿고 있어."
"그러면…… 다행이네."

그럼에도 불구하고 강석우 피디는 B팀, 아니 세달백일의 주인공을 한시온으로 밀었다.
애초의 약속과는 다르게.
그쯤부터 경쟁의식은 질투로 바뀌었다.
그런 감정에 스스로가 상처를 받았다.
자신이 지닌 유일한 재능조차 결국은 누군가와 비교하는 데 쓰이고 있다는 것이니까.
그러면 안 된다.
그건 결국 스스로를 비참하게 만드는 일일 뿐이다.
다행히 〈서울 타운 펑크〉를 준비하면서 잠깐 질투를 벗어던질 수 있었다.
무대가 너무 좋았으니까.

방송 이후 온 세상이 한시온 중심으로 돌아가고, 악플도 늘어났다.

온새미로는 평생 부모님에게 '너 때문에 가난해졌다'라는 비난을 받고 살았지만, 익숙해지지 않았다.

친구들에게 '넌 왜 맨날 빌붙냐'는 비난을 받는 것도 익숙해지지 않았다.

하지만 한시온은 달랐다.

"걱정은 고마운데, 이 정도는 아무렇지도 않아."
"어떻게 아무렇지도 않냐고. 남들의 비난이."
"흥미롭다고 받아들여 봐. 어떻게 보면 내가 사람들을 조종한 거잖아? 내가 없었으면 이런 행동을 하지 않았을 사람들을 이렇게 만든 거니까."

내가 조종한 거라고?
너만 없었으면 가난했을 일이 없다고 소리치는 부모님을?
그래, 틀린 말이 아닐지도 모른다.
정말 내가 없었으면 그러지 않았을 수도 있으니까.
그때쯤 다시 질투가 싹텄고, 다시 모습을 드러낸 질투는 조금 더 눅눅했다.

온새미로는 한시온을 비웃었다.

살면서 단 한 번도 힘들어 본 적이 없어서 그렇다.
분명 조금의 어려움만 찾아와도 넘어져서 일어나지 못할 것이다.
그렇게 생각했다.
하지만 아니었다.

"이, 이! 애비 애미도 모르는 새끼! 내가 너네 애비한테 어떻게 했는데……!"

한시온의 큰고모부라는 사람이 촬영장에 찾아왔고.

"몇 달 전에 교통사고가 났어요."

한시온의 이야기를 들었으니까.
이이온, 구태환, 최재성은 단 한 부분이라도 한시온보다 잘난 구석이 있다.
하지만 자신은 없다.
심지어 불행의 크기조차도.
그럼 난 대체 뭘까?
어떤 존재의 의미가 있는 걸까?

"증명하려고 안 해야 할 것 같은데."

"자꾸 내 실력을 증명하고야 말겠다는 감정이 노래에 대한 몰입감보다 앞서."
"뻔한 말이긴 하지만, 마음 편하게 먹어."

어떻게 그럴 수가 있지.
잘해야 한다는 압박감 때문에 잠도 안 오는데.
강석우 피디가 세달백일의 주인공이 되지 못했다며 돈을 돌려 달라고 하면 어쩌지?
커밍업 넥스트가 끝나면 돌아가야 하는 곳으로 너무나 가기 싫은데.
그리고 화보 촬영을 하면서 깨달았다.

"조금 더 환하게 웃을게요. 아니! 진심으로 좀 웃어 봐요!"
"아, 진짜 뭘 해도 어색하네."

여기는 자신이 있을 곳이 아니라는 걸.
그냥 잠깐 꿈을 꾼 거다.

"야, 너도 한시온 싫어하지."

그래서 같이 한시온의 약점을 잡자는 페이드의 말도 거부했다.

이제 의미가 없으니까.

의미가 있다고 하더라도 그런 저열함까지는 닿고 싶지 않았고.

한데, 어떻게 된 일인지 페이드는 자신이 강석우 피디에게 돈을 받은 걸 알고 있었다.

가난하다는 것도.

"거지새끼라서 자존심도 없냐? 계속 따까리나 하겠다고?"

온새미로는 성인 남자의 비난을 받는 일에 트라우마가 있었다.

그래서 아무 말도 하지 못했다.

원래대로라면 여기서 끝났을 일이다.

페이드의 비난을 묵묵히 감수하고 있으면, 제풀에 지쳐서 돌아가겠지.

적어도 촬영장에서 폭력을 쓰진 않을 거니까, 별일 아니다.

하지만, 한시온이 자신을 구해 줬다.

"우리 멤버 건드리지 마."

대체 왜?

그 난리를 피웠던 큰고모부는 가만히 뒀으면서 페이드에게는 왜 화를 낸 걸까?
사실은 이 팀이 소중한 걸까?
아니면 나에게 뭔가 쓸 만한 게 있는 걸까?

"아뇨. 제가 라이언에 남는 일은 없어요. 무조건 올해 안에 데뷔할 겁니다."

그러나 아니었다.
그래서 온새미로는 모든 걸 그만두기 전에 한번 물어보고 싶었다.
"내가 널 이길 수 있을까?"

* * *

술에 취한 사람처럼.
혹은 고해성사를 하는 사람처럼.
두서없이 털어놓는 온새미로의 이야기를 듣고는 적잖이 당황했다.
온새미로가 멘탈적으로 불안정하다는 생각은 했었다.
종종 나를 과하게 의식한다는 느낌도 받았었다.
하지만 그게 나의 말과 행동 때문일 줄은 전혀 몰랐다.

그동안 내 재능을 보고 절망하는 가수들은 수도 없이 많았다.

물론 그게 기쁘진 않았다.

오히려 슬펐지.

내 재능은 무수한 시간을 넘음으로써 얻은 치트키니까.

하지만 그런 절망감 때문에 가수까지 그만두려는 경우는 처음 본다.

그것도 온새미로처럼 재능 있는 사람이.

아마 온새미로에게 노래는 유일한 자존감의 수단이었고, 가난을 탈출할 수 있는 유일한 도피처였던 것 같다.

하지만 그런 사람이라면 더더욱 나와 비교를 하면 안 된다.

난 그런 비교를 받을 자격조차 없는 사람이다.

그럼에도, 나는 섣불리 온새미로를 위로할 수가 없었다.

난 가난해 본 적이 없으니까.

물론 수중에 돈이 없었던 적은 있다.

부모님의 재산을 관리하지 못했던 회귀 초창기에는 밥 사먹을 돈이 없어 빌빌거렸던 적이 있다.

미국에 처음 건너갔을 때는 엔터테인먼트 사기에 연루돼서 계좌가 압류된 적도 있다.

하지만 그 가난에 리얼리티가 있었냐면 당연히 아니었다.

회귀가 있으니까.

회귀 한 방에 모든 게 제로로 돌아간다는 것은, 부정적인 것 역시 포함이다.

배배 꼬인 인생을 풀 수 없다면 잘라 낼 수 있다.

그러니 여기서 어쭙잖게 공감하며, 어설픈 위로를 건네는 건 기만이자 가식이다.

내 마음은 편해질 수도 있겠지만, 내가 떠난 세상에서 살아갈 온새미로에게는 아무런 도움도 되지 않는다.

지금 해야 하는 건 그런 게 아니라……

"야, 따라와 봐."

제대로 보여 주는 일이다.

내가 온새미로와 향하는 곳은 방금 전까지 작업을 하고 있던 스튜디오였다.

스튜디오로 들어오자마자 방송국에서 거치시켜 놓은 카메라를 전부 꺼 버렸다.

남들이 들으면 안 될 소리를 할 건 아니지만, 굳이 이 장면이 자료 화면으로 남게 할 이유도 없다.

"서 있지 말고, 소파에 앉아 있어."

온새미로가 군말 없이 소파에 앉는다.

갑작스레 끌려왔음에도 별다른 반응을 보이지 않는걸

보면, 뭐가 아무래도 상관없다고 생각하는 것 같다.

사실 나도 상관없다.

하지만 온새미로의 몇 가지 착각은 바로잡아 줄 생각이다.

그렇게 카메라를 전부 꺼 버리고는 엔지니어 의자를 끌고 와서 소파의 맞은편에 앉았다.

"온새미로. 네가 날 이길 수 있냐고 물어봤지?"

"맞아."

"불가능해. 그런 일은 절대로 일어나지 않아. 왠지 알아?"

"……네 재능이 더 뛰어나서?"

"틀린 말은 아닌데, 정답은 아니야."

"그럼?"

"날 못이기는 건 너뿐만이 아니니까."

"누가 또 못 이기는데?"

"지금, 이 세상에서, 음악을 하고 있는 그 어떤 사람도."

"……."

느리게 눈을 깜빡이던 온새미로가 실소했다.

어이가 없는 모양이었다.

"위로야?"

"아니."

이건 위로가 아니다.

"진실이야."

냉정한 진실이다.

온새미로가 절망을 이기지 못하고 음악을 그만둬도 상관없고, 커밍업 넥스트를 마지막으로 은퇴를 해도 상관없다.

다만 그 이유가 '같은 팀 아이돌 지망생의 재능에 절망해서'라면, 그건 잘못된 거다.

난 고작 그 정도 사람이 아니니까.

그러니까 저 명제를 '지구상에서 가장 뛰어난 뮤지션을 보고 절망해서'로 바꿔 줄 생각이다.

난 타고난 천재는 아니다.

하지만 끝없는 시간은 날 천재로 만들어 주었다.

그래서 확신할 수 있다.

현재 이 지구상에서 나보다 더 뛰어난 재능을 가진 뮤지션은 없다고.

"온새미로. 아무 말이나 해 봐."

"뭘?"

"진짜 아무 말이나 해 보라고. 페이드 개새끼, 이런 것도 좋고."

"……커밍업 넥스트."

온새미로가 내뱉은 '커밍업 넥스트'를 몇 번 중얼거리

고는 기타를 잡았다.

"잘 봐. 즉흥 연주야."

그리곤 기타를 연주했다.

온새미로도 귀가 있으니까 알 것이다.

방금 본인이 입으로 뱉었던 아무것도 아닌 문장의 리듬과 음의 높낮이가 메인 멜로디로 음악으로 만들어지는 게.

썩 들어줄 만한 연주일 거다.

"다시, 아무 말이나 해 봐."

"……온새미로."

"진작 그런 자기애를 좀 갖지 그랬어?"

이번엔 온새미로라는 어절을 따라서 베이스를 쳤다.

"키보드는 내 마음대로 친다."

키보드를 쳤고, 드럼은 칠 줄 몰라서 가상 악기로 찍었다.

네 가지 소리를 한 번에 재생하니.

"……!"

온새미로가 깜짝 놀라는 게 느껴진다.

아니 근데 나도 좀 놀랐다.

이거 좋잖아?

"작곡 끝. 25분 걸렸네. 대중가요로 편곡한다. PBR&B 좋아해?"

"뭔지 모르는데……."

"위켄드 몰라?"

"알아."

"그거야."

위켄드는 내가 R&B씬에 처음 도전할 때 롤 모델로 삼았던 가수다.

2025년쯤 되면 공식 앨범 판매량이 2억 장이 넘으니까.

물론 이건 유닛 판매와 스트리밍 판매를 포함한 RIAA 집계긴 하다.

아마 EP나 컴필레이션 앨범도 포함되어 있을 거고.

피지컬 앨범만 카운팅해 주는 악마의 방식으로는 대충 5,000만 장을 조금 넘기지 않을까 싶다.

아니, 지금 이런 생각을 할 때가 아니지.

다른 가수의 앨범 판매량만 생각하면 과몰입하게 돼서.

난 순식간에 노래를 편곡했다.

사운드를 가다듬는 데 시간이 오래 걸릴 뿐이지, 원래도 편곡 자체는 금방 한다.

편곡을 하면서 보컬 라인도 만들었다.

작사는 할 시간이 없으니 R&B에 도전하던 회차에서 불렀던 곡의 가사를 가져다 썼다.

그리곤, 노래를 불렀다.

최선을 다해서.

온새미로의 얼굴에 놀라움이 번진다.

그동안 내가 커밍업 넥스트에서 불렀던 그 어떤 노래보다 좋을 테니까.

당연하다.

미션 곡은 미션이라는 제약이 있기 때문에 정해진 틀 안에서 불러야 한다.

그에 반해 지금 부르는 노래는 제약 없이 만든 거다.

또, 혼자 부른 거기도 하고.

냉정하게 말해서 내가 원하는 팀은 '한시온' 혼자서 부르는 노래와 '팀 전체'가 부르는 노래에 수준 차이가 없는 거다.

GOTM은 그게 가능한 그룹이었고.

노래가 끝나자마자 다시 기타를 잡았다.

그리곤 방금 부른 노래의 멜로디를 이리저리 뜯어보며 재구성하기 시작했다.

아니, 근데 이거 진짜 좋다.

나라고 운으로 만드는 노래가 없는 건 아니지만, 우연히 탄생한 노래가 이 정도로 좋은 건 오랜만이다.

기분이 좋아져서 신나게 기타를 치고 있으니, 온새미로가 약간 질린 표정을 짓는다.

음악에 대해서 잘 모르더라도 내가 방금 똑같은 멜로디를 수십 가지 베리에이션으로 표현했다는 건 알 거다.

 그리고 그 수십 가지를 다시 수십 마디로 쪼개서 변형하는 작업을 했다는 것도 알 거다.

 그 뒤로도 난 음악 작업에 몰두했다.

 온새미로에게 보여 주려는 것도 있었고, 이 곡을 제대로 만져야겠다는 생각도 들었으니까.

 그렇게 완벽히 재구성한 곡이 완성됐을 때, 온새미로에게 메시지로 가사를 보냈다.

 "한번 불러 봐."

 "내가?"

 "멜로디, 귀에 꽂혔잖아. 디렉팅 좀 잡아 주면 금방 부를걸."

 온새미로는 머뭇거렸지만, 내가 비트를 틀어 주니 노래를 부르기 시작했다.

 "아냐. 거기는 리드미컬하게 음을 떨어트려야 해."

 "음 더 올려. 대신 편안하게 올려. 울림통 조이지 말고."

 "소리 시작점이 목이라고 생각하지 말고, 뒤통수라고 생각해 봐. 소리가 뒤통수에서 미간으로 곧게 나가는 거야."

 아니, 근데 뭐지.

 디렉팅을 시작하면서 답답할 걸 감수했는데, 상당히 잘

따라온다.

 이 정도면 내가 생각했던 것보다 더 재능이 있는 거다.

 왜 몰랐지?

 "너 노래 배운 적 없어? 잘리긴 했어도 소속사에 있었다며."

 "아주 잠깐이라서."

 "얼마나 잠깐?"

 "길면 두 달. 짧으면 보름?"

 "……"

 좋은 트레이너라고 하더라도 고유의 방법론이 있고, 색깔이 있다.

 그러니 아무리 좋은 트레이너라도 계속 교체가 된다면, 그건 가수를 망치는 길이다.

 생각해 보니까 B팀 선발전 때는 가로등 아래서를 따라 하는 무대를 하기도 했었지?

 세세히 잡아 준 서울 타운 펑크 때는 꽤 잘했고.

 그렇다면 온새미로는 현재 기준점이 없는 상태다.

 어쩐지 멘탈에 영향을 받을 때마다 노래의 기복이 크더라.

 그 뒤로 얼마의 시간이 흐르고 온새미로가 녹음을 끝냈다.

 앨범 녹음이 아니라서 적당히 넘어간 부분도 있지만,

예상했던 것 이상의 유려한 표현에 놀란 부분도 있었다.

"들어 봐."

그렇게 난 풀 볼륨으로 온새미로가 녹음한 노래를 틀어 주었다.

좋은 노래고, 좋은 보컬이다.

하지만 온새미로가 각 잡고 부른 노래보다 내가 원 테이크로 부른 가이드 버전이 훨씬 좋다.

심지어 가이드 버전의 비트는 현재 버전의 비트보다 확연히 별로인데도 말이다.

"이제 알겠어?"

온새미로가 고개를 끄덕인다.

"나도…… 재능 있네."

무슨 소리를 하는 거지.

여기선 네 재능이 아니라, 내 재능을 봐야 하는 건데?

하지만 온새미로가 갑자기 주르륵 눈물을 흘리는 통에 하고 싶은 말을 못했다.

한참의 시간 뒤 감정을 정리한 온새미로가 입을 열었다.

"무슨 말인지 알겠어."

"……."

정말 제대로 이해한 게 맞는지 모르겠다.

하지만 나도 사람인지라 이런 분위기에서 '그래, 나 같은 천재랑 비교하면 불행해져.' 따위의 말은 못하겠다.

그때 온새미로가 내 눈을 똑바로 쳐다보며 물었다.

"이 정도 재능이면 모든 게 시시할 정도로 쉽지 않아? 네 목표가 뭐야?"

잠깐 고민했지만, 진실을 말해 주기로 했다.

"앨범 판매 2억 장."

"그걸 왜?"

"꿈을 꿨거든. 2억 장을 팔면 부모님이 깨어나는."

"……"

"꿈에서 깨어나니 이 세상 전부가 거짓된 것 같았지만, 믿어 보는 수밖에 없겠더라고."

한동안 말이 없던 온새미로가 고개를 끄덕였다.

애가 정확히 무슨 생각을 하는지는 모르겠다.

하지만 절망을 씻어 버렸다는 건 알겠다.

커밍업 넥스트가 끝나면 세달백일은 해체될 거고, 이번 회차가 끝나면 난 회귀할 거다.

하지만 적어도 온새미로가 노래를 포기하는 일은 없을 것 같다.

"그리고 내가 한 가지 말해 주면, 강석우 피디가 너한테 그 돈을 달라고 하는 일은 없을걸?"

"그걸 어떻게 알아?"

"가불 뜻 몰라? 미리 당겨서 받는 돈이야. 그럼 그걸 어디서 당긴 거겠어?"

"……?"

좀 답답하네.

"미래의 온새미로한테 당긴 거라고. 커밍업 넥스트가 끝나도 네가 엠쇼에 계속 출연할 사람이라고 생각하고."

"……!"

정말 몰랐는지, 온새미로가 깜짝 놀란다.

"그리고 그걸 그냥 해 줬겠어? 네가 나중에 유명해지고, 엠쇼 정도의 방송국에 출연할 필요가 없어져도 의리를 지키라는 뜻이지."

아무래도 강석우 피디가 온새미로의 정치적 감각을 너무 높게 평가한 듯하다.

하긴, 온새미로가 좀 침착해 보이는 얼굴이긴 하지.

"게다가 그 정도 금액은 지금까지의 PPL을 10등분해도 충분히 나오고."

게다가 온새미로는 꽤 맛있게 먹는 편이다.

노래방 미션이 있었던 명동에서 삼겹살을 먹을 때도 혼자서 3~4인분을 먹는 기염을 토해 냈고.

그때는 별생각이 없었는데, 생각해 보니 온새미로가 늘 많이 먹었던 이유를 알겠다.

지금껏 그런 음식을 먹었던 기회가 별로 없었던 거다.

사람은 생각보다 더 주관적인 생물이라서, 늘 자신의

잣대에 맞춰서 세상을 재단한다.

그래서 평범한 가정에서 살아온 이들은 누군가의 가난을 제대로 상상하지 못한다.

솔직히 나도 잘 모르겠다.

고등학생이 모든 미래 가치를 포기하고 아르바이트에만 전념을 해야지 살아갈 수 있는 삶은.

그러나 아주 오랫동안 살아 오면서 깨달은 바가 있다면, 타인의 삶은 재단하기보다는 있는 그대로 받아들이라는 것이었다.

아, 근데 페이드의 삶은 진짜 모르겠네.

"생각해 보니까 페이드가 내 약점을 같이 잡자고 했다고?"

다음에 기회가 있으면 좀 더 패 줘야겠다.

* * *

[최재성_세달백일_관찰일지]

최재성이 세달백일의 관찰일지를 쓰게 된 건 그리 오래되지 않은 일이었다.

아마 서울 타운 펑크를 준비하면서였던 것 같다.

피 끓는 열아홉 청춘이 포천에 처박히니 할 게 너무 없었으니까.

물론 연습과 무대에서 오는 희열이 있긴 했지만, 그것만을 위해서 24시간을 살아가는 건 쉽지 않은 일이었다.

그래서 처음엔 일기를 썼는데, 매일 붙어 있는 사람들이 세달백일이다 보니 어느새 관찰일지가 되어 버렸다.

이제는 아주 본격적으로 관찰일지를 쓰고 있었고.

[Case_1]

[이온 형은 오늘도 뻔뻔한 소리를 했다. 다들 카메라 마사지를 받으며 점점 잘생겨지는 것 같은데 왜 본인은 그대로냐고.]

[어이가 없어서 쳐다보고 있으니까, 태환이 형이 침착하게 대답해 줬다. 이미 최고 점수에 도달하신 상태라서 그렇다고.]

[부정할 법도 한데, 이온 형은 '아, 그렇구나.'라는 반응을 보였다.]

[진짜 알 수 없는 형이다.]

[자아도취를 한 게 아니고, 잘난 척을 하려는 것도 아니다. 오히려 이온 형은 아주 객관적인 상태다.]

[아, 그래서 그런가. 본인의 얼굴을 객관적으로 봐 버린 건가.]

[Case_2]

[오늘 아침부터 시온 형과 온새미로 형의 상태가 좀 이상하다.]

[처음엔 시온 형이 온새미로 형을 혼냈나 싶었다. 온새미로 형이 자꾸 시온 형의 눈치를 보면서 뭔가를 계속 양보했으니까.]

[하지만 그렇다고 보기에는 시온 형도 '얘가 왜 이러는지 모르겠다.'라는 감정 상태에 가까운 것 같다.]

[아마 그런 게 아닐까?]

[시온 형은 말을 함부로 하지만, 가끔씩은 칭찬도 함부로 한다. 근데, 그 함부로 칭찬을 들으면 온몸이 짜릿하다.]

[그 짜릿함의 은총이 온새미로 형한테 내려졌을 확률이 높다. 어제 나 빼고 스튜디오에 있었으니까.]

[아무튼 두 사람이 친해질 수 있는 계기가 생겨서 다행…….]

"최재성!"

"네!"

"나와. 3화 시청."

일지를 쓰던 최재성이 한시온의 목소리에 후다닥 노트를 덮었다.

오늘 커밍업 넥스트 3화가 방송되는데, 처음으로 시청

리액션을 따지 않는다.

즉, 멤버들끼리 편하게 방송을 볼 수 있다는 뜻이었다.

숙소 공용 거실로 나가니 다들 편안한 차림으로 널브러져 있는 게 보였다.

한시온이 자연스럽게 센터에 앉아 있고, 양옆으로 온새미로와 이이온이 앉아 있다.

'처음 보는 3온 샷인데?'

물론 한시온-이이온-온새미로 순서로 앉아 있는 건 몇 번 봤다.

하지만 그건 가짜 3온이다.

시온 형이 센터에 있어야지 진정한 3온의 안정감이 완성된다.

생각해 보면 시온 형은 좀 신기한 사람이다.

본인은 멤버들에게 무관심한 편인데, 센터에 있는 건 아주 익숙하다.

마치 그렇게 태어났다는 듯이.

'뭐 그래도 요즘은 멤버들에게 관심을 좀 가져 주는 것 같기도 하고.'

그러니까 이온 형의 음색에 대한 해결책을 고민했고, 온새미로 형한테 함부로 칭찬의 은총도 내려 줬겠지.

그런 생각을 하던 최재성이 자리에 앉으며 입을 열었다.

"오늘은 먹뱉이 없네요? 아쉽다."

"……그게 아쉽다고?"

"당연히 아쉽죠. 시온 형, 지금 저희가 먹고 있는 음식 중 제일 맛있는 게 뭐예요?"

"닭가슴살 소스."

"형은 축복받은 신체라서 종종 소스가 허락되지만 저 같은 프로토타입형 인간은 아니거든요? 자극적인 맛을 느낄 기회가 아예 없어요."

"근데?"

"그렇다면 설령 삼키지 못하더라도 입안 가득 육즙의 풍미가 들어오는 게 얼마나 즐겁겠어요?"

"……."

실시간으로 한시온이 고장 나는 게 느껴진다.

최재성이 파악한 바로, 한시온은 굉장히 똑똑한 사람이지만 '논리인 척 하는 무논리'에 약하다.

여기에도 이유가 있다.

보통의 똑똑한 사람들이 상대방의 헛소리를 곧장 헛소리 취급하는 데 반해, 한시온은 아니다.

상대방의 논리를 아주 진지하게 고민한다.

그리곤 본인은 전혀 이해할 수 없지만, 그런 논리가 통용될 가능성도 있다는 걸 고려한다.

틀린 게 아니라 다른 거라고 생각하는 것이다.

하지만 그럼에도 불구하고 도저히 상대방의 논리에서 객관성을 획득할 수 없을 때, 고장이 나는 것이다.

그리고 그 모습이 꽤 재밌다.

아주아주 똑똑한 사람이 농담에 과몰입해서 무너지는 걸 보는 쾌감이라고 할까?

아니나 다를까 주변을 돌아보니.

"……."

"……."

다들 침묵 속에서 한시온을 구경하고 있다.

이모티콘으로 따지자면 'ㅎ_ㅎ' 정도의 얼굴로.

심지어 평소에는 별 상관하지 않았던 온새미로까지.

사실 최재성이 보기에 한시온은 여러 가지 면이 많은 사람이었다.

어떨 때보면 닳고 닳아 무뎌진 사람처럼 무신경하고, 또 어떨 때 보면 사춘기 소년처럼 섬세하고 예민하다.

그러다가 갑자기 우울해지기도 하고, 다시 금방 쾌활해지기도 한다.

구태환이 빠른 눈치를 바탕으로 이성적으로 상대방을 파악하는 타입이라면, 최재성은 사회적인 분위기로 상대방을 파악하는 타입이다.

그렇기 때문에 구태환은 한시온이 종잡을 수 없는 사람이라고 생각했고, 최재성은 여러 가지 모습이 많은 사람이라고 생각하고 있었다.

"아, 형! 당연히 농담이죠."

"농담이었어?"

"그럼요. 누가 그런 이유로 먹뱉을 좋아하겠어요. 그게 얼마나 괴로운데!"

"역시 그렇지? 차라리 칼로리 획득의 관점이면 몰라도."

"……그건 뭔데요?"

"생각해 보면 우리가 소모하는 칼로리에 비해서 획득하는 칼로리가 적잖아. 그래서 늘 배고프고."

"그쵸."

"하지만 어쨌든 음식을 입에 넣으면 어느 정도의 흡수는 될 거란 말이지. 씹다가 나도 모르게 삼키는 양도 있을 거고, 구강 점막을 통해서 흡수하는 부분도 있을 거고."

"……."

"아닌가? 구강 점막이 음식물을 흡수할 순 없나? 그래도 고기 기름 정도는 흡수하지 않을까?"

"그, 글쎄요?"

"아무튼 그런 의미에서 본다면 먹뱉에 약간의 효용성은 있을지도 모르겠다는 생각이 들었어."

"그, 그쵸."

이번엔 최재성이 고장 났지만, 오래가진 않았다.

대체 왜 진지한 건지 이해할 수 없는 대화를 끝낼 때가 됐기 때문이었다.

"시작한다."

이윽고 TV 화면에 〈COMING UP NEXT〉라는 타이틀이 떠올랐다.

* * *

-오늘 방송에서 크리스 에드워드 썰 좀 풀어 주겠지??
-아직도 쌩쇼를 믿음? 한시온 선곡으로 30분을 질질 끌었던 더러운 놈들임. 분명 4화에 나올 거임.
-강석우 엠쇼 가더니 ㅈㄴ 케이블 스타일로 바뀌어서 짜증남ㅋㅋ
-근데 한시온 선곡은 테이크씬 쪽도 보여 줘야 해서 그랬던 거 아님?
-그게 질질 끈 거지ㅅㅂ 테이크씬 노관심노잼인데.
-나만 요즘 테이크씬 불쌍하냐. 컨 게시판 가도 한시온 이야기밖에 없음.
-이러다 진심 B팀이 데뷔할 듯.
-최대호 꼰대 기질을 생각하면 그럴 리가 없음.
-하지만 최대호의 병신 기질을 생각한다면?
-호오, 킹능성이 올라가는군요?

-광고 ㅈㄴ 기네

 광고의 지루함을 달래기 위해 실시간 게시판을 이용하던 시청자들은 많았다.
 글이나 댓글도 꽤 많이 올라오고 있었고.
 한데, 한순간에 그 모든 것이 멈춰 버렸다.
 프로그램을 시청할 수 없어 게시판 반응만 보고 있던 이들이 당황할 수준의 정적이었다.

-?? 다 어디 감.
-서버 터짐? 갑자기 글 리젠 망했는데?
-방송 시작했나 본데?
-방송 시작했다고 이렇게 조용해진다고?

 게시판이 조용해진 이유는 간단했다.
 커밍업 넥스트 3화가 도저히 눈을 뗄 수 없는 장면으로 시작했으니까.
 바로, 크리스 에드워드였다.
 물론 아무리 크리스 에드워드라고 해도 단순 등장씬 만으로 이 정도 정적을 만들어 낼 순 없다.
 아니, 오히려 말이 많아졌을 거다.
 그러나 커밍업 넥스트의 제작진은 뜨거운 감자를 시청

자들 입에 다짜고짜 집어넣었다.

♪♪♪♪♪♪♪~

 크리스 에드워드가 피아노를 친다.
 듣자마자 느낌이 온다.
 이거, 플라워스 블룸이다.
 정확히 말하자면 크리스 에드워드가 작곡했고, 한시온만 눈치 챘던 플라워스 블룸의 초기 버전이다.
 은은히 들리는 멜로디 위로 크리스 에드워드의 인터뷰 장면이 삽입된다.

 [노르웨이의 북쪽 지방으로 여행을 간 적이 있어요. 그곳은 온 세상이 차가운 눈으로 가득 차 있었죠.]
 [하지만 그건 제 착각이었어요.]
 [생명은 어디에나 존재하더군요.]
 [새하얀 눈 사이에 애처롭게 피어난 노란색 꽃.]
 [그걸 보고 만든 노래에요.]

 이윽고 자막이 떠오른다.

 노르웨이 플라워

Norway Flower

인서트되었던 크리스 에드워드의 인터뷰가 빠지더니, 그의 피아노 연주 위로 다른 소리가 입혀진다.

플라워스 블룸.

아니, 이제는 낙화(落華).

한시온의 공연 무대였다.

실제로 한시온이 불렀던 노래에 완전히 어울리는 소리는 아니었다.

하지만 결이 굉장히 비슷하고, 멜로디가 전개되는 방식이 똑같다.

뒤늦게 정신을 차린 시청자들이 키보드를 두드리기 좋은 타이밍이었다.

-ㅅㅂ 미쳤냐구 한시온.
-와 개쩐다. 진짜 원곡이 있었네. 노르웨이 플라워란 제목도 간지 나고.
-근데 묘하게 안 어울리지 않음?
-연주랑 보컬 밸런스를 안 잡아 놔서 그럼. 그냥 원곡 연주에다가 한시온 목소리를 얹어 버린 거임.
-ㅇㅇㅇ난 그래서 더 신뢰감이 느껴지는 거 같은데?
-ㅋㅋㅋ밸큐는 이런 곡을 받아서 그딴 식으로 편곡한

거임?

-꽃덕들이 욕할 만하네. 이걸 왜 여자 키로 올린 거지?

-아니 근데 한시온 버전이 더 좋은 건 나뿐임?

-22222 나도 낙화가 더 좋은 거 같은데.

-와 근데 힙시온 진짜 천재였네. 힙스터들이 ㅈㄴ 붙은 이유가 있었어.

-지나가던 인디충.... 한시온에게 교통사고 당한 거 같습니다...

-덕통사고겠직ㅋㅋㅋㅋㅋㅋ

-한시온 의문의 뺑소니썰ㅋㅋㅋ

사실, 이 장면에는 시청자들의 감탄과는 다르게 약간의 트릭이 있었다.

〈노르웨이 플라워〉와 〈낙화〉가 비슷한 노래인 건 맞다.

하지만 음악에 조예가 없는 이들이 한 소절만 듣고 느낌표를 남발할 정도는 아니다.

그래서 제작진은 두 곡에서 최대한 비슷한 부분만을 발췌해 방송에 내보냈다.

그사이에 붕 뜨는 구간은 인터뷰 내용으로 뭉개 버렸고.

또한 크리스 에드워드에게 '낙화'와 유사한 느낌으로 연주를 해 줄 수 없냐는 부탁을 하기도 했다.

의외로 크리스는 제작진의 부탁을 흔쾌히 수락했다.

"내가 이 쇼에 동참했다는 걸 잊으면 안 돼."
"알았으니까, 그만 말해."
"그럼 한 곡만 더 편곡해 줘."

한시온에게 마음의 빚을 달아 놓기 위해서.
이런 제작진의 보이지 않는 노력 덕분에 시청자들의 반응이 펑펑 터져 나가고 있었다.
노르웨이 플라워의 연주 뒤로는 한시온과 크리스 에드워드의 첫 만남 컷이 들어왔다.
사실 둘은 이 장면을 촬영하기 전날에 실컷 대화를 나눈 뒤였다.
그래서 장면만 보면 살짝 어색했지만, 작위적으로 보이진 않았다.
오히려 미국에서 활동하는 빌보드 작곡가와 한국의 아이돌 지망생이 첫 만남에서부터 친근하다는 게 이상한 일이니까.

[어떻게 그런 생각을 하게 된 거야?]
[노래의 첫 소절을 들었는데 갑자기 아이디어가 떠올랐어. 여기서는 완전 8도 낮춰서 시작했어야 하지 않나?]

[그래서?]

[그렇게 시작음을 잡으니까, 갑자기 전체 멜로디가 보이더라고. 그래서 생각했지. 아, 이게 원곡이구나.]

[이름이 시온이라고 했지?]

[맞아.]

[넌 천재야. 의심할 여지없이.]

천재는 방송가에서 너무나 많이 쓰이는 단어다.

특히 쇼 비즈니스 업계에는 매년 적어도 한 명 이상에게 천재 마케팅을 시도한다.

그렇기 때문에 '천재'라는 수식어가 붙으면 오히려 불호를 표하는 대중들도 많았다.

하지만 이번엔 그 무게감이 다르다.

굳이 크리스 에드워드가 한국에서 천만을 찍은 영화의 음악 감독이라는 걸 내세우지 않아도 된다.

시상식에서 영화음악상을 수상했다는 걸 강조하지 않아도 된다.

지금 당장 빌보드 차트에 들어가도 크리스 에드워드의 이름을 찾는 건 어렵지 않으니까.

얼마 전에는 빌보드 차트의 맨 위에서 이름을 발견할 수도 있었고.

그런 음악가가 한시온에게 '천재'라는 수식어에 공중을

한 것이나 다름없었다.

-천재ㄷㄷ
-돈 받았으니 빨아 준다는 억까도 안 통함. 기사 보니까 크리스 에드워드 출연료 전액 기부한다던데.
-돈 받았으니까 걍 빨아 주는 거지 ㅅㅂ 천재는.
-ㅋㅋㅋㅋ예지력 상승.
-와 근데 한시온 영어 뭐임? 악센트에 개발려요.....
-외국에서 살다 왔나 본데? 저건 한국에서 배울 수 있는 영어가 아닌데?
-커밍업 넥스트 이 정직한 새끼들은 사연팔이를 안 하고 음악으로만 승부해ㅅㅂ 꼴받게.
-왜 꼴받음?
-한시온이 너무 궁금해♡♡♡
-ㅋㅋㅋ댓글 온도 차이 보소
-가로등 아래서, 플라워스 블룸, 크리스 에드워드로 이슈 3연타 치느라 사연 팔 시간이 없었음ㅠㅠ
-(정보추) 방송 흐름상 아직 B팀 확정이 안 돼서 사연팔 타이밍이 없었다.
-ㅋㅋㅋㅋ이쯤 되면 전 국민이 모르는 척 몰카 중인 듯ㅋㅋㅋ

그러니 그 누구도 방송 시작 10분 내내 한시온만 나와도 위화감을 느끼지 않았다.

누가 뭐래도.

이 판의 무게 중심은 한시온이었으니까.

"재밌었다."

"3화는 전개 속도가 빨랐네요."

"여기서 더 끌면 팀 배틀이라는 프로그램 컨셉이 희미해져서 그런 게 아닐까?"

3화가 끝나자마자 나온 멤버들의 말에 고개를 끄덕였다.

팀원들의 말처럼 커밍업 넥스트 3화의 컨셉은 속도감이었다.

1, 2화와 다르게 전개적으로 많은 내용이 들어가 있었고, 노래 하나에 포커싱을 주는 일도 없었다.

몇몇 부분에 있어서는 심할 정도로 담백했는데, 아마 엠쇼의 유투브 채널에 풀 영상을 공개할 생각인 것 같다.

[헤이, 방송 봤어. 근데 내 분량은 왜 이렇게 적은 거지?]

[그리고 지금 뭐 해? Players를 편곡하면서 궁금한 게 생겼는데.]

[아, 다른 이야기도 있어.]

방송을 보고 있었는지, 에디에게서 메시지가 날아온다.

 실시간 영어 자막이 달리는 것도 아닌데 방송을 본 걸 보면, 또 동시통역가를 괴롭혔나 본데.

 대체 왜 저러는지 모르겠다.

 내가 빌보드의 라이징 스타라면 이해하겠지만, 아직은 케이팝의 지망생일 뿐인데.

 참고로 Players는 에디에게 맡겼던 〈꾼들〉의 영문 타이틀이다.

 에디의 문자를 씹고는 3화를 곱씹었다.

 에디와의 만남으로 시작된 방송은 다시 B팀 선발전으로 돌아갔다.

 그리고 질질 끄는 것 없이 깔끔하게 〈진 팀〉과 〈이긴 팀〉의 커버 미션 무대를 보여 줬다.

 다만, 진 팀이 불렀던 블랙스타의 〈버스터콜〉은 2분 안쪽으로 편집을 당했고, NOP의 〈BOY SCOUT〉는 풀 버전으로 방송됐다.

 무대가 좋았으니까.

 하지만 내 활약은 일부러 감춘 무대였기에, 인터넷에 이에 대한 이야기가 꽤 많았다.

 -역시 한시온 팀 무대에서 별로일 줄 알았음ㅋㅋㅋ 곡

준비할 때는 신이 내린 아이돌인 척하더니.

-ㅇㅈㅋㅋ 애들한테 훈수 둘 때 좀 역겹더라.

-?? 이건 팀 애들은 무대 마음에 들어 하는 거 같은데 반응이 왜 이래?

-요즘 돌판에서 한시온 안티 좀 붙었더라구요. 잘난 척한다고.

-ㄴㄴ 프듀멤 빠는 애들이 염병하는 거임ㅋㅋㅋ 데뷔하면 지네 돌 비교 오지게 당할 거 아니까.

-엥? 한시온이 일반 프듀멤이랑 비교할 레벨은 아니지 않아? 이쪽은 크리스 에드워드가 천재라고 했고, 그쪽은 근근이 열심히 하는 건데ㅎㅎ

-니 같은 거 때문에 한시온이 꼴 보기 싫은 거임; 내려치기 재료로 쓰일 거 딱 보여서.

-내려치기가 아니라 원래 한시온 밑에 있는 거 아니야…?

-ㅈㄴ 잘멕이네ㅋㅋㅋ

-근데 무대 자체는 좋지 않아? 할미 미소 지으며 봤는데.

-ㅇㅇ최재성 귀엽더라. 머리 복슬복슬한 게 우리 집 강아지랑 똑같이 생김ㅋㅋㅋㅋ

-저… 실례가 안 된다면 제가 그 댁 강아지와 사랑에 빠져도 되겠습니까?

-ㄲㅈ

-난 그보다 NOP 팬들이 안도하는 게 개웃김ㅋㅋㅋㅋ 웨프플처럼 머리채 잡힐 줄 알고 조마조마했나 봄ㅋㅋㅋ

-근데 나도 한시온이 우리 애들 커버한다고 하면 심장 빨리 뛸 것 같은데...?

-상상만으로 심장이 뛰어.

-ㅈㄴ 무서워.

그에 반해 일반인들이 상주하는 커뮤니티의 분위기는 살짝 달랐다.

프로그램 자체에 대한 이야기가 많았다.

-3화 쫌 노잼이었다.

-크리스 에드워드랑 뭔가 더 했으면 좋았을 거 같은데. 피디 놈 감 없네.

-이제 한시온 개인 무대는 없고 팀 무대만 있는 거임? 난 각 잡고 군무 추는 거 별론데.

-그래도 한 번씩 하지 않겠음?

-빌보드 1위 작곡가가 천재라고 할 때 쾌감 쩔었다 ㅇㅈ?

특히 아이돌에 별 관심 없다가 〈가로등 아래서〉나 〈낙화〉로 유입된 이들은 뒤늦게 정신을 차린 모양이었다.

아, 이거 아이돌 프로그램이었지, 하고.

이들을 계속 시청층으로 붙잡아 놓을 수 있는지가 강석우 피디의 역량일 거다.

마지막으로 힙합 전문 커뮤니티에 들어가 봤다.

내 랩에 대한 2017년 한국 씬의 반응이 어떤지 궁금해서.

음…….

역시 힙합 팬들은 한국이나 미국이나 크게 다르지 않네.

직업이 보석 감정사도 아닐 텐데 뭐 이렇게 진짜랑 가짜에 집착하는지 모르겠다.

아이돌이 랩 좀 할 수도 있지, 가짜라고 할 것까지야.

그나마 좋은 댓글들은.

-야, 그래도 느낌은 좀 있네. 기술적인 부분만 따지면 아이돌 래퍼 중 상위권일 듯.

-ㅇㅇ 그라임 잘 살렸음.

-잘하긴 했는데, 문화에 대한 이해가 없네. 저런 가사에 그라임을 쓰는 게 말이 되나.

아이돌 래퍼 중 상위권?

문화에 대한 이해가 없어?

어이가 없다.

한국 래퍼들 일렬로 줄 세우면 내가 제일 앞에 있을 텐데.

흠. 나중에 쇼미나 나가 볼까.

힙합 커뮤니티를 끝으로 모니터링을 끝내려고 했는데, 주변이 이상할 정도로 고요하다.

"……?"

고개를 들어 보니, 멤버들이 스마트폰에 코를 박고 있었다.

한데, 다들 표정이 별로다.

못 볼 거라도 본 듯 인상을 잔뜩 찌푸리고 있는데, 최재성이 가장 심하다.

아마 악플을 본 듯했다.

난 타인의 비난에 상처받지 않지만, 이게 쉬운 일이 아니라는 건 알고 있다.

나 역시 악플로 괴로워했던 순간들이 있으니까.

"그런 거 보지 마."

최재성의 핸드폰부터 뺏으려고 했는데, 고개를 젓는다.

"악플 보는 거 아니에요."

"그럼 뭐 보는데?"

"아니, 악플을 보긴 했는데 제 악플을 보고 있던 건 아니었어요."

무슨 말인가 싶어서 들어 보니, 멤버들끼리 서로의 댓

글을 봐주기로 했단다.

이이온 - 구태환.
온새미로 - 최재성.

이렇게 페어를 이뤄서, 기분 좋은 칭찬이나 받아들일만한 피드백을 공유해 주자고.
악플이 무서워서 그렇지 모든 댓글이 나쁜 건 아니니까.
물론 이 과정 중에 본인에게 달린 악플을 보게 될 수도 있긴 하다.
하지만 의식적으로 조심하면 대부분 피할 수 있다.
기분 나쁜 서두를 발견하는 순간 눈을 돌려 버리면 되니까.
"근데 표정이 왜 그래?"
"아니, 사람들이 말을 너무 기분 나쁘게 하잖아요!"
알고 보니 최재성은 온새미로에게 달린 악플을 보고 본인이 상처를 받던 중이었다.

-온새미로는 ㅈㄴ 쓸모없는 듯. 얼굴은 이이온한테 밀리고, 노래는 한시온한테 밀리고, 막내 포지션은 최재성이고, 씹덕픽은 구태환한테 밀릴 듯ㅋㅋㅋ
-온새미로 표정 ㅈㄴ 똥한 거 같지 않음?

-ㅇㅇㅇ 한시온은 잘해 보겠다는 의욕이 과해서 나대는 거 같은데, 온새미로는 잘해 보고 싶은 마음도 없는 거 같음

　-이름도 존나 찐따같음ㅋㅋㅋ

　음.

　나한테 달렸다면 아무 신경도 안 썼을 댓글이지만, 온새미로가 보긴 좀 그렇다.

　타인의 비난에 무던한 성격도 아닌 것 같고.

　"칭찬만 보고 전달해. 대중적인 반응으로."

　"저도 그러려고 했죠. 근데 실수로 심연에 들어와 버렸어요."

　보아하니 최재성뿐만 아니라 다들 비슷한 상황인 것 같다.

　문득 이상하다 생각이 들었다.

　"근데 나는?"

　"네?"

　"넷이 서로의 댓글을 봐주면 한 명이 빈다는 생각이 안 들어?"

　"형이요? 형은 악플 보는 거 좋아하잖아요."

　"내가?"

　"지난번에 댓글 보면서 웃고 있길래 보니까 악플이던데……."

어, 아마 악플 때문이 아니라, 주변 댓글이 재밌었을 거다.

-저... 실례가 안 된다면 제가 그 댁 강아지와 사랑에 빠져도 되겠습니까?

이런 댓글을 보면 재밌잖아?
그러고 보면 최재성이 좀 개처럼 생긴 것 같긴 하다.
눈이 크고 머리가 복슬복슬한 게.
아무튼 분위기를 보아하니 팀 전체의 모니터링 시간이 되어 버린 것 같다.
결국 나도 온라인 게시글들을 타임라인에 맞춰서 훑기 시작했다.
오늘 방송의 내용은 B팀 선발전부터 숙소 입주 후 방 배정 미니 게임까지였다.
그사이에 진행됐던 노래방 미션은 굉장히 소소하게 연출되었다.
현장에서는 나름의 긴장감과 경쟁 의식이 있었던 것 같은데, 방송에서는 평화롭다.
그러다 보니 노래를 하는 장면도 거의 보여 주지 않았다.
내가 부른 위드의 〈새벽의 끝을 두고〉도 1절 도입부와 후렴밖에 안 나왔으니 말 다했지.

사실 이런 건 상관없다.

사람들은 3화에 가로등 아래서나 플라워스 블룸 같은 메인 노래가 없는 걸 아쉬워했지만, 내가 보기엔 아니다.

정말 그런 게 있었으면 피곤했을 거고, 3화는 쉬어 가는 게 맞다.

하지만 한 가지 이상한 점은 있었다.

나와야 할 게 안 나왔다.

LB 스튜디오에서 선보였던 즉흥 연주.

조기정, 이현석이라는 왕년의 스타들과 함께 굉장한 무대를 만들어 냈는데도.

물론 뒤에 나올 수도 있는 거지만, 여기서 나오는 게 적절한 타이밍이 아닌가?

곡 전체를 보여 주라는 게 아니라, 이런 일이 있었다는 걸 보여 주며 호기심 유발할 정도만.

강석우 피디는 무슨 생각인지 잘 모르겠네.

그때 누군가 숙소 계단을 올라오는 발소리가 나더니, 에디가 모습을 드러냈다.

"왜 이렇게 답장이 늦어?"

아니 분명 동대문역 근처에 호텔을 잡았다고 들은 것 같은데, 왜 이렇게 포천을 오가는 거지.

"기막힌 아이디어가 떠올라서 편곡했는데, 듣고 평가해 줘."

"에디, 이 프로그램에서 심사위원은 너야. 난 참가자라고."

"좋아. 그럼 네 곡도 내가 평가해 줄게."

"그건 카메라 앞에서 해야지."

"그럼 너만 평가해."

젠장. 말이 안 통한다.

한숨을 내쉬며 자리에서 일어났다.

* * *

커밍업 넥스트의 3화가 방청된 직후.

강석우 피디는 국장실로 오라는 호출을 받았다.

보통 PD가 국장의 호출을 받으면 잘못한 게 없어도 가슴이 두근거리기 마련이다.

프로그램에 대한 평가라는 게, 귀에 걸면 귀걸이고 코에 걸면 코걸이다.

꾸준한 시청률을 내 주는 효자 프로그램이 윗분들의 입맛에 따라 더 이상 포텐이 없는 퇴물로 평가될 수도 있는 거다.

하지만 이번만큼은 아니었다.

평균 시청률 3.8%

수도권 평균 시청률 4.3%
분당 최고 시청률 5%

방금 주조정실에서 보고를 받은 기록이다.
목표치를 초과해도, 한참 초과했다.
그것도 고작 3회 만에.
이 정도 성적이면 자신이 국장을 호출해도 되는 게 아닐까?
소고기 먹게 법카 좀 내놔 보라고.
그런 생각을 하며 국장실 문을 두드렸다.
"들어와."
안으로 들어가자마자 국장이 호들갑을 떨며 강석우를 반겼다.
"강석우, 인마! 이리 와. 손 한번 만져 보자. 시청률 보고 기절하는 줄 알았잖아!"
"국장님, 잘 지내셨죠?"
"국장은 무슨, 지난번에는 선배라고 하더니. 뜨더니 변했냐?"
"에이, 선배님."
"하하. 앉아, 앉아."
사내 직장인들의 만남답게 웃는 낯으로 서로의 성과를 칭찬하는 시간이 이어진다.

국장은 강석우의 안목과 연출을 칭찬했고, 강석우는 2회 편성을 더해 준 국장의 결단력을 칭찬했다.

물론, 그러면서도 윗사람이 은근슬쩍 아쉬운 소리를 섞는 건 당연했다.

"아, 근데 유튜브 채널 쪽은 잠잠하더라?"

'시청률은 대단한데 너무 많은 대우를 바라면 안 된다? 유튜브는 못했잖아.'라는 뜻.

"에이, 선배님. 구독자 50% 가까이 늘었습니다. 조회수도 커밍업 넥스트 관련 콘텐츠는 탄탄하고요."

'원래 너무 바닥에 있어서 티가 안 나는 거야. 게다가 커밍업 넥스트 말고 다른 콘텐츠가 구리니까 힘이 안 붙잖아'라는 뜻.

"그랬나?"

"네. 유튜브 쪽은 지금부터 더 많이 신경 쓸 겁니다. 갑자기 크리스 에드워드가 붙어 가지고 정신없었어요."

'내가 크리스 에드워드 물어 온 거 몰라?'라는 뜻.

그렇게 겉말과 속뜻이 다른 대화가 한참 이어지다가, 드디어 국장이 본론을 꺼냈다.

전쟁에서 승리해 온 장수를 칭찬하고, 견제하는 시간은 끝났다.

이제 전리품에 대한 이야기를 할 시간이다.

"한시온, 그냥 놔주기 아깝지?"

계속 생각하고 있던 주제였기에, 강석우도 곧장 고개를 끄덕였다.

"아깝죠. 진짜 너무 아깝죠."

간단한 이야기다.

엠쇼는 〈커밍업 넥스트〉가 끝나도 한시온을 FA로 놓아주고 싶지 않다.

지금의 한시온은 황금알을 낳는 거위다.

그 거위의 배를 가르진 못할망정, 다른 집 헛간으로 곱게 보내 줄 순 없다.

"한번 어깃장 부려서 영입해 볼까요? 채널 소속 연예인으로?"

"그러기엔 제작비를 라이언에서 너무 많이 댔어. 자칫 잘못하면 찍힌다."

"흠……."

라이언 엔터가 매출 순위는 낮아졌어도, 인지도는 여전히 톱 쓰리다.

그에 반해 엠쇼는 공중파를 제외한 케이블 채널 순위에서도 3~4위를 다투고, 넷플릭스 같은 OTT를 포함하면 더 떨어진다.

라이언과 척을 지고 한시온을 데려오기에는 위험 부담이 있다는 말이었다.

커밍업 넥스트 출연진들의 최우선 협상권은 라이언 엔

터가 갖기로 합의가 끝난 상태니까.

"몇 년 동안 테이크씬 수익도 나눠 가져야 하는데……. 싸우면 불편하지."

"그럼요? 무슨 생각이 있으시니 절 부른 거 아닙니까?"

"있지, 생각. 근데 결정을 못했어. 둘 중 뭐가 좋은 생각인지."

"말씀해 주시죠. 같이 고민해 보겠습니다."

테이블을 톡톡 두드리던 국장이 입을 열었다.

"석우야. 우리한테 최악은 한시온이 라이언의 연습생이 되는 거지?"

"맞습니다."

한시온이 라이언 엔터에서 연습생 생활을 2년쯤 하다가 데뷔를 한다면?

'우리가 띄워 줬으니 한몫 떼어 줘라.'라고 말할 수 있는 타이밍을 놓친다.

6개월만 지나도 커밍업 넥스트의 영향력은 사라진 지 오래일 거니까.

"일단, NT에서 연락이 왔어. 걔들이 야심차게 키우는 보이 그룹이 있거든. LMC라고."

"네."

"거기에 한시온을 영입하고 싶은가 봐. 5년간 한시온 수익 쉐어해 주는 조건 줄 테니, 밀어 달래."

"5년이나요?"

강석우의 눈이 동그래졌다.

보통의 수익 쉐어가 1~2년 안에 끝난다는 걸 생각해 보면 어마어마한 기간이다.

당연히 쉐어받는 금액도 어마어마할 거고.

"뭔가 크게 바라는 부분이 있겠는데요?"

"있지. 한시온 좀 묻어 달래."

"……아."

강석우는 금방 국장의 말을 이해했다.

"어차피 테이크씬을 밀어야 하는 프로그램 아니냐. 테이크씬 전면에 세우고, 한시온은 적당한 병풍으로 돌려 줘. 이미 뽕 다 뽑았잖아, 이거지."

"그렇게 한시온의 가치가 떨어지면 NT가 라이언과 쇼부 치겠다?"

"정답. 프로그램 시청률이 무너지는 건 5년 쉐어로 보상하고."

"어떻게 생각하십니까?"

"너는?"

"저야 별로죠. 막말로 그 돈, 저 줄 것도 아니지 않습니까?"

"네 몫으로 2% 이야기하더라. 엄청난 거 알지?"

"……그래도 별롭니다. 이대로 가면 엠쇼 역사상 최고 시청률 쓸 수 있습니다."

지금까지 엠쇼가 기록한 가장 높은 시청률이 5.6%다.
커밍업 넥스트가 넘지 말란 법도 없다.
"그치? 사실 나도 별로야. 난 예능국장이니까. 근데 위에선 여기에 꽂혔어. 명분도 실리도 깔끔하다고."
커밍업 넥스트로 테이크씬을 밀어주는 거라는 명분.
테이크씬과 한시온의 몫을 둘 다 쉐어받을 수 있는 실리.
사장단이 혹할 만하다.
잠깐의 침묵이 흐르고, 강석우가 다시 입을 열었다.
"그럼 다른 생각은 뭡니까?"
"이건 내가 생각해 본 건데, 지금부터 한시온을 밀어주는 거야. 아주 노골적이게."
"테이크씬보다 더?"
"그냥 더가 아니라, 훨씬 더. 100분 방송에서 한시온 이야기만 한 시간 동안 나오게. 미친 듯이 푸쉬."
국장이 눈을 빛냈다.
"그 대신, 세달백일은 병풍으로 만들어 버리는 거지."
"……."
"누가 봐도 한시온이 프로그램 간판이야. 근데 세달백일은 잘 안 보여. 그때쯤 여론을 형성해. 결과적으로 테이크씬이 데뷔할 수밖에 없겠다는 공감을 만들어."
강석우는 그제야 국장이 그린 그림을 알 수 있었다.
"사람들이 아쉬워하겠지? 한시온의 매력이 크면 클수

록. 그 다음에……."

"한시온이 데뷔하는 거군요? 테이크씬에 들어가서."

"빙고. 어쩌면 최대호 대표도 좋아할 수도 있어."

나쁘지 않다.

테이크씬을 밀어준다는 프로그램의 취지는 깨지지만, '테이크씬의 한시온'을 밀어주는 게 되니까.

게다가 이렇게 되면 한시온으로 인해 발생하는 매출도 자연스럽게 쉐어받을 수 있다.

"어때?"

"좋다고 생각합니다만, 지난번에도 비슷한 말씀을 하시지 않았었나요?"

"내가?"

국장이 고개를 갸웃했고, 강석우도 고개를 갸웃했다.

"정말 그럴듯한 성과가 난다면 내가 최대호 대표랑 쇼부를 칠 수도 있지."

분명 국장이 이렇게 말했으니까.

그 순간, 국장이 너털웃음을 터트렸다.

"석우야."

"네?"

"그때 말한 쇼부는 이런 게 아냐. 그냥 테이크씬 대신 한시온을 팔아먹는 것에 대한 양해를 구한다는 거였어."

"아, 그런 거였습니까?"

"너 설마 그렇게 받아들인 거야? 한시온을 테이크씬으로 데뷔시킨다고?"

"네. 그랬습니다."

"흠……."

국장과 강석우는 왜 이런 관점의 차이가 벌어졌는지를 깨달았다.

저 대화를 나눴던 시점에 '한시온'이라는 참가자를 바라보는 감정이 서로 달랐던 거다.

국장은 쓸 만한 돈벌이 정도로.

강석우는 프로그램의 색깔을 바꿀 정도의 요소로.

결과적으로는 강석우가 옳았다.

국장도 같은 생각을 하게 됐으니.

"국장님, 아니 선배님. 이건 저보다 최대호 대표랑 먼저 이야기하셔야 하는 거 아닙니까? 선택권은 그쪽에 있습니다."

"하나 확인할 게 있어서."

"말씀하시죠."

"만약에, 우리가 한시온을 밀었어. 미친놈처럼 밀었어. 근데 한시온이 무너지면? 이슈가 다 식어 버리면?"

"우스운 꼴이 된다?"

"그치. 그럼 전부 병신 되는 거야. 엠쇼도, 라이언도, 테이크씬도, 세달백일도. 멀쩡한 게 하나도 없다고."

그러니 국장은 메인 연출자인 강석우에게 한시온의 재능이 얼마나 되는지를 확인받고 싶었다.

아무리 크리스 에드워드가 보증을 섰다지만, 그건 순수한 음악적 견해일 수 있다.

방송국 피디가 보는 이슈 메이킹의 관점과는 다르다.

"네가 보기엔 어때?"

이번에는 강석우 피디가 너털웃음을 터트렸다.

"선배님. 뭔가 착각하시는 모양인데, 저 음악 잘 모릅니다."

"그래서? 모르겠다고?"

"아뇨. 그래서 확신한다는 겁니다. 한시온이 무너지는 일은 없을 거라고."

"근거 하나만."

"커밍업 넥스트가 다큐멘터리였어도 똑같은 결과가 나왔을 거라고 생각하니까요."

한시온의 재능에 연출된 부분이 전혀 없다는 소리다.

음악을 모르니 개입한 적도 없고.

"아니면 선배님, 이렇게 하시죠."

"어떻게?"

"이틀, 아니 3일만 기다린 다음에 결정하시죠."

"뭘 기다려?"

"제가 뭔가를 할 건데, 그게 선배님 귀에까지 들어오면 저랑 한시온 한번 믿어 보시죠."

한시온과 관련된 이슈로 세상을 떠들썩하게 만들어 보겠다는 소리다.

"오케이. 알겠어."

"그럼 나가 보겠습니다. 시간이 별로 없네요."

"근데 석우야. 너 지금 하려는 거 원래 계획됐던 거냐?"

"음……."

강석우 피디가 씩 웃었다.

"계속 하고 싶었는데, 테이크씬이 병신 될까 봐 안 했던 겁니다."

그렇게 말한 강석우가 꾸벅 인사하고는 국장실을 빠져나왔다.

결론이 났다.

이제 커밍업 넥스트의 주인공은 한시온이다.

* * *

우연히 커밍업 넥스트에 방청을 갔다가 한시온을 알게 된 최세희는 이제 당당히 말하고 있었다.

드롭 아웃이 그녀의 본진이고, 한시온이 세컨이라고.

사실 특별한 일은 아니었다.

요즘 아이돌 판에는 한시온이 정말 많이 거론되고, 세컨으로 파는 이들도 많아졌다.

일단 실력층은 다 붙은 것 같다.

물론…….

'그만큼 억까들도 많아졌지만.'

아마 웨프플 팬덤일 거다.

크리스 에드워드가 등판하면서 명분을 잃어버렸지만, 그들은 여전히 한시온을 싫어하니까.

"아, 뭐 좀 안 올라오나."

최세희는 그런 생각을 하며 엠쇼의 유투브 채널을 습관적으로 새로고침 했다.

1분 전에도 했던 짓이지만, 여기 말고는 덕질 떡밥을 얻을 곳이 없다.

방송 전에 정리를 한 건지, 멤버들의 SNS 계정은 전부 비활성화고, 한시온은 SNS를 만든 흔적조차 없다.

자신이 엠쇼 피디였다면 세달백일의 SNS를 만들어서 일상 사진이나 스토리를 공유하게 했을 텐데…….

'참, 감 없단 말이지.'

물론 말도 안 되는 소리라는 걸 알고 있긴 했다.

서바이벌 프로그램 참가자에게 그런 게 허락될 리가 없

으니까.

그때였다.

"어?"

또다시 새로고침을 누른 최세희의 눈에 조회수 0짜리의 따끈따끈한 영상들이 들어온 것이.

'올라왔구나!'

최세희가 엠쇼의 유투브 채널을 주시하고 있었던 것은, 노래방 미션의 풀 영상이 올라올 확률이 높다고 생각했기 때문이었다.

방송에서는 가벼운 미니 게임처럼 다뤄졌지만, 현장에서는 아니었다.

열 명의 참가자들이 최선을 다해 노래를 불렀고, 승패가 분명히 나뉘었다.

심지어 방청객들이 더 좋은 음악이 들리는 쪽으로 몸을 기울이는 진풍경을 만들어 내기도 했었다.

그러니 클립 영상이 올라올 수밖에 없다.

[C.U.N/3회] 새벽의 끝을 두고 - 한시온 | 노래방 미션 / VS 페이드]

후다닥 본인의 SNS로 뛰어간 최세희는 약간의 주접 멘트와 함께 영상을 공유했다.

그리고는 곧장 동영상을 재생했다.

거기에는 3분 남짓의 노래가 담겨 있었는데.

진짜 좋다.

말도 못하게 좋다.

한시온을 좋아해서 좋은 게 아니라, 모든 사람이 좋아할 노래라고 확신할 수 있다.

'으휴, 나도 참 막귀라니까.'

지금 생각해 보면 부끄럽지만, 최세희는 한시온의 실력을 제대로 파악하지 못했었다.

그냥 듣기 좋은 노래를 부른다고만 생각했었지.

그래서 인터넷에 이런 글도 올렸던 것이었다.

—

실력 : 좀 쉬운 옛날 노래 불러서 실력 티가 안 났는데, 듣기 되게 좋았음. 아, 점수 주기 어려운데. 8~8.5?

—

하지만 이제는 알고 있다.

한시온의 노래 실력은 10점 만점에 85점을 받아도 부족하다.

그날을 반성하는 의미를 담아 정성스럽게 댓글을 달았다.

-이제부터 세상 모든 시티팝은 시온팝이라고 부르기로 사회적 합의가 이루어졌습니다.

댓글을 달고 나니, 자신의 것 외에도 꽤 많은 댓글이 올라와 있다.
클립을 기다린 게 그녀만은 아닌 듯했다.

-야 이 미친! 개좋네ㅋㅋㅋ
-강석우 느낌 존나 없네. 이걸 방송에 그렇게 토막 내서 내보낸 거임?
-님들 이거 몇 년도 노래인가요?
-내가 7080 가수면 돈 싸들고 한시온한테 가서 리메이크 부탁할 듯. 바로 행사 ㅈㄴ 잡힐 걸?
-와 시티팝에 맞춰서 테크닉 욕심 안 부리고 깔끔하게 부르는 거 봐라.
-ㅇㅇ할 수 있는데 안 하니까 고수 냄새 남 킁킁
-이건 음원 안 나오나?

댓글들도 100% 우호적이라서 기분이 좋아졌다.
한데 가장 마지막에 달린 댓글 내용이 좀 이상했다.

-ㅋㅋㅋ뭐임. 오늘 한시온 생일임? 영상이 몇 개가 올

라오는 거야.

 무슨 말인가 싶어서 동영상 목록으로 향했던 최세희가 눈을 부릅떴다.
 "……!"
 무려 5개의 영상이 올라와 있었는데.

 [C.U.N] 〈가로등 아래서〉 녹음 현장 │ 미방영분]
 [C.U.N] 〈낙화(落華)〉 녹음 현장 │ 미방영분]
 [C.U.N] 이게 진짜 즉흥 연주? Feat 이현석, 조기정 │ 미방영분]
 [C.U.N] 〈가로등 아래서 Remake〉 녹음 현장 │ 미방영분]
 [C.U.N] 크리스 에드워드 X 한시온 피아노 즉흥 합주 │ 미방영분]

 썸네일이 전부 우리 애다.
 아무래도 엠쇼가 정신을 차렸나 보다.

(빌어먹을 아이돌 4권에서 계속)

환상이 숨쉬는 공간 파피루스. blog.naver.com/gnpdl7

샤이나크 현대판타지 장편소설

빌어먹을 아이돌

닳고 닳아 버린 뮤지션, 한시온
그는 절망했다

[피지컬 앨범 2억 장 판매]
[미션에 실패했습니다. 회귀합니다.]

최고의 재능을 모아도, 그래미 위너가 되어도
언제나처럼, 열아홉 살 그때로

무한한 세월, 끝도 없는 회귀
질식하기 전에 도망쳐야 한다

**여태껏 하기 싫었던
K-POP 아이돌이 되어서라도
그렇게 또다시, 열아홉이 되었다**